MONSTER HOLE

FUSION FANTASTIC STORY

킹메이커 장편 소설

6

몬스터 홀

# 몬스터 홀
# MONSTER HOLE

# CONTENTS

# 제1장

결집 Ⅲ

MONSTER
HOLE

성준은 눈을 떴다. 사방이 돌로 이루어진 석실이다. 2레벨
보스 존의 시작 지점과 같았다. 성준은 일행을 둘러보았다.
모두 긴장한 표정이다. 성준은 마음속의 두려움을 떨쳐 버리
고 일행에게 말했다.

"모두 장비를 정비해 주세요. 최선의 상태에서 적과 만나
야 합니다."

성준의 말에 모두 무기를 꺼내 정비하기 시작했다. 성준도
자신의 검을 소환했다.

먹보였지만 지금까지 성준의 생명을 지켜준 검이다. 그리

고 다른 무기인 쇠뇌도 꺼내보았다. 초기에 잠깐 쓰고 아예 써보지도 못한 무기다.

결국 성준은 한숨을 내쉬고는 쇠뇌를 다시 소환 해제했다.

성준도 다른 일행과 마찬가지로 검을 손질하기 시작했다. 잠시 뒤 정비를 마친 성준은 보람에게 물어보았다.

"쓸 수 있는 식량은 어느 정도야?"

"아마 이번 식사를 하면 끝일 거예요."

성준은 그녀의 말에 고심했지만, 어차피 한 번의 싸움으로 끝날 일이다. 성준은 정비를 거의 마친 일행에게 이야기했다.

"이제 보스 몬스터와의 전투가 우리의 마지막 싸움입니다. 모두 이곳에서 식사하면서 기다려 주십시오. 제가 보스 몬스터를 확인하고 오겠습니다."

지금 적의 정보가 전혀 없는 상태에서 성준의 정찰이 정말 중요했다. 수리도 이후의 정보가 없는 상태라 다른 방법이 없었다.

성준은 일행이 식사하는 것을 보고 자신도 말린 고기를 입에 넣었다. 그리고 성준을 바라보고 있는 수리에게 일행을 부탁하고 한쪽 벽에 크게 뚫린 통로로 들어갔다.

통로는 천장이 아치형으로 되어 있었고, 크기도 엄청나게 커서 열 사람 이상이 편하게 한 줄로 서서 걸어갈 수 있어 보였다.

또한 2레벨의 통로와는 다르게 정교하게 짜 맞춘 돌로 이루어져 있었다. 아치형 천장 가운데에는 빛나는 돌이 하나씩 박혀 있어 길을 밝혀주고 있었고, 바닥도 넓은 돌바닥으로 이루어져 있었다.

성준은 자신의 발걸음 소리를 들으면서 앞으로 나아갔다. 그리고 잠시 뒤 성준은 커다란 콜로세움을 볼 수 있었다.

그는 눈앞의 밝은 빛을 향해 걸어갔다. 통로의 맨 끝 천장에는 쇠창살이 날카로운 끝을 아래로 향한 채 매달려 있었다.

통로 맨 끝까지 가자 더는 앞으로 나갈 엄두가 나지 않았다. 한 발만 나서면 쇠창살이 떨어진다는, 감각이 전해준 경고에 성준은 그 상태로 주위를 둘러보았다.

이곳은 일종의 콜로세움이었다. 단지 크기만 몇 배로 키워 놓은 것 같았다. 둥그렇게 둘러친 벽이 몇 미터나 솟아 있고, 벽의 네 방향에는 쇠창살 문이 있었다. 그중의 하나가 성준이 서 있는 곳인데, 성준이 서 있는 쇠창살 문만 위로 올라가 있고 나머지는 모두 밑으로 내려가 있었다.

아마도 성준이 통로를 나오면 통로의 쇠창살이 내려가 입구를 막고 다른 입구들이 열려 보스 몬스터가 등장하는 구조인 것 보았다.

벽 위로는 로마에서 본 콜로세움의 객석이 보였다. 하지만 객석은 인간이 앉기에는 너무나 거대해 보였다. 그리고 객석과 천장 모두는 알 수 없는 재질로 된 벽이 둘러쳐져 있고 천장 가운데에서는 빛이 뿜어져 나오고 있었다. 성준이 주위를 둘러보며 생각했다.

'단지 로마 콜로세움을 흉내 낸 모양인가? 그럼 2레벨의 신전도 어딘가의 신전을 흉내 낸 모양이겠군.'

역시 던전을 만들어낸 놈들은 취미가 나쁜 놈들이었다. 아마도 그 자신의 문화 자체가 존재하지 않을지도 몰랐다.

더는 볼 것이 없어 성준은 뒤로 물러섰다. 성준이 보아온 보스 존은 언제나 정보를 최소한으로 주는 것 같았다. 성준은 일행을 향해 달리기 시작했다.

\*　　　\*　　　\*

잠시 뒤 일행에게 돌아온 성준은 모두에게 자신이 본 내용을 이야기해 주었다. 모두는 정보가 부족하다는 사실이 걱정되었지만 달리 방법이 없었다. 그동안 식사도 끝마쳐 놨기에 그대로 장비를 챙기고는 모두 성준을 따라 움직이기 시작했다.

밝은 빛이 통로를 환하게 비추고 있었지만, 열 명이 넘는 인원이 통로를 걷는 소리는 음침하게만 들렸다. 모두 긴장을 하고 있어서 그렇게 느끼는지도 몰랐다. 성준은 잠시 일행의 앞에서 뒤를 돌아보았다.

모두 긴장으로 표정이 굳어 있지만, 그 누구도 움직임이 어색하거나 불안해하는 사람은 없었다. 심지어 마리아까지 침착한 얼굴이다.

성준은 마리아를 힐끗 보고 다시 고개를 앞으로 돌렸다. 그녀는 상당히 훈련을 많이 받은 모양이다. 오히려 그 점이 이런 상황에서는 도움이 많이 되었다.

일행은 이내 성준이 와본 그 지점에 모두 서게 되었다. 일행도 성준처럼 주위의 모습에 인상을 찡그렸다. 마치 자신들의 모습이 거인들의 콜로세움에 온 난쟁이 같았다.

성준은 일행을 향해 말했다.

"갑시다. 싸우고 무사히 돌아갑시다."

일행은 그의 말이 끝나자마자 쇠창살 아래를 지나 콜로세움 안으로 들어섰다.

콰르르르르!

일행의 뒤쪽에서 쇠창살이 내려오고 있다. 뒤돌아가려면 지금뿐이라는 듯 쇠창살은 천천히 내려오고 있었다.

성준은 내려오는 쇠창살을 감각으로 확인해 보았다. 쇠창살은 다른 벽들과는 달리 검은 영기가 칭칭 감겨 있는 모습이 웬만해서는 파괴되지 않을 것 같았다.

쾅!

결국 쇠창살이 모두 내려왔다. 성준과 일행은 모두 긴장감을 늦추지 않으며 주위를 둘러보았다. 예상대로면 세 방향의 쇠창살 중 하나에서 보스 몬스터가 등장하고 나머지에서 몬스터들이 나올 확률이 높았다.

잠시 조용하게 시간이 흘렀지만 아무런 움직임이 없어 일행 모두 의문에 잠길 때, 드디어 쇠창살이 움직이는 소리가 들리기 시작했다.

드르르르르!

다른 입구의 쇠창살이 열리기 시작했다. 하나씩 열리는 것이 아니라 모든 쇠창살이 동시에 올라가기 시작했다. 그리고 쇠창살이 모두 올라가자 어두운 통로 안에서 몬스터의 숨소리가 들려오기 시작했다.

"크르릉!"

성준은 감각을 활성화해서 각 쇠창살 안쪽을 확인했다. 하지만 쇠창살이 영기의 움직임까지 막고 있는 건지, 성준은 그 안쪽을 확인할 수가 없었다.

그런데 시야가 닿지는 않았지만 영기는 확실하게 느껴졌다.

성준은 안쪽의 영기를 확인하곤 인상을 찡그렸다. 영기들의 크기가 너무 컸다.

그리고 그들의 반대편 공중에 검은 영기가 뭉쳐지기 시작하더니 몬스터로 변하기 시작했다.

잠시 뒤, 키가 3미터 정도에 도마뱀과 사람을 섞은 것처럼 보이는 생명체가 날개를 펄럭거리며 공중에 뜬 채로 나타났다. 온몸이 비늘로 덮여 있고 긴 꼬리가 있으며 도마뱀의 얼굴을 하고 있었다. 하지만 손과 발이 있는 이족 생명체였다.

성준은 갑자기 나타난 몬스터의 정보를 확인해 보았다.

―XXX 아바타.

―4등급.

―XXX의 던전 관리용 아바타.

―영기 창술 레벨 3, 영기 궁술 레벨 3, 피부 강화 레벨 3.

―약점: 모든 능력을 구슬로 얻음.

―본체: XXX.

―만족.

―대상의 본체의 능력에 의해 정보가 일부분 제한됩니다.

"4레벨 보스 몬스터, 그리고 전면 통로엔 3레벨 엘리트, 양옆은 2레벨 엘리트 같아요."

성준의 말이 끝나자 모두 얼굴이 하얗게 질렸다.

"난이도가 너무 높아."

다희도 표정이 얼어붙은 채로 말했다.

성준은 영기분석으로 알아본 약점을 이해할 수가 없었다. 성준은 약점에 대해 포기하고 일행에게 빠르게 말했다.

"보스 능력은 영기 창술, 영기 궁술, 피부 강화예요."

"맙소사! 여기 가디언들 능력이잖아요!"

"고유 능력을 흡수한 모양이네."

성준과 일행이 이야기하고 있을 때도 보스 몬스터는 조용히 일행을 보며 팔짱을 끼고 공중에 떠 있었다.

그리고 보스의 뒤쪽 통로 안에서 두 개의 팔이 나타나더니 두 팔로 통로의 양옆을 잡고 엘리트 몬스터가 모습을 드러내기 시작했다. 그 거대한 통로도 작은지 허리를 굽히고 몸을 드러낸 외눈박이 몬스터는 몸을 쭉 펴자 키가 10m도 넘을 듯했다.

성준은 바로 영기분석을 했다.


―숲 지형 유인원 계열 완성형 각성 버전.

―3등급.

―숲 지형의 관리로 사용.

―특이 능력 각성: 근력 강화, 타격 강화, 영기 광선.

―강점: 강력한 힘과 타격력에 강력한 한 방이 있다.

―단점: 영기 광선 사용 시 시력을 잃음.

―개운함.

동시에 양옆에서도 몬스터들이 모습을 드러냈다. 전에 일행이 잡은 몬스터들이다. 나무 기둥을 들고 다니던 외눈박이 거인이었다.

　*—숲 지형 유인원 계열 적응형 각성 버전.*
　*—2등급.*
　*—숲 지형의 적응을 확인.*
　*—특이 능력 각성: 근력 강화, 타격 강화.*
　*—강점: 강력한 힘과 타격력을 자랑한다.*
　*—단점: 눈이 하나라 시야가 좁음.*
　*—개운함.*

같은 계열의 2레벨, 3레벨 엘리트 몬스터들이었다. 성준은 빠르게 이 몬스터들의 능력과 약점을 일행에게 이야기했다.

몬스터들이 모두 나오자 보스 몬스터는 팔짱을 풀고 밑으로 내려왔다. 순간 등 뒤의 날개가 사라졌다.

"오랜만의 검투사들이군. 이곳까지 오는 지성체가 많지 않은데 말이야. 물론 살아서 내가 있는 이곳을 벗어나는 놈들은 거의 없었지."

보스 몬스터는 혼잣말을 하듯이 말했다. 하지만 얼마나 목소리가 큰지 콜로세움처럼 생긴 이 건물 전체가 울렸다.

"뭐, 이제 할 일을 해야지? 빨리들 죽고, 고유 능력이 있으면 나에게 남겨주기를 바란다."

보스 몬스터가 일행을 손가락으로 가리켰다.

"크앙!"

그 순간 엘리트 몬스터들이 괴성을 질러대며 일행을 향해 달려들었다.

"모두 전투 개시!"

정 교관이 비명처럼 소리를 질렀다. 일행 모두 자신의 무기를 들고 몬스터들을 향해 발사했다. 다행히 보스 몬스터는 엘리트 몬스터들에게 성준 일행을 공격하게 한 후 공중으로 떠올라서 전투를 구경하기 시작했다.

일행의 앞에 두 겹의 물 방패와 반투명한 방패 능력이 떠올랐다. 그리고 방패를 통과해서 일행의 화살이 몬스터들을 향하여 날아갔다.

다행히 2레벨 엘리트 몬스터들에게 날아간 일반 화살과 미리의 영기 궁술에 강화된 화살은 몬스터들에게 피해를 줄 수 있었다. 하지만 몬스터들은 피를 흘리면서도 일행을 향해 달려들었다.

3레벨 엘리트 몬스터에게는 헤라의 관통 화살과 다희의 폭발 화살, 그리고 정 교관의 강화 투창이 날아갔다.

쾅! 쾅! 쾅!

몬스터의 정면에서 폭발이 일어나고 충격음이 터져 나왔다. 그 충격에 몬스터가 움찔하며 뒤로 물러났다. 그런데 연기가 사라지고 모습이 드러난 몬스터는 정 교관의 강화 투창엔 피부가 찢어졌지만, 헤라와 다희의 공격엔 고작 피부에 자국만을 남긴 모습이었다.

성준은 냉정히 그 모습을 보다 일행에게 소리쳤다.

"2레벨 몬스터들에게 집중해요! 제가 3레벨 몬스터를 상대하겠습니다!"

성준은 하늘에 떠 있는 보스 몬스터를 힐끔 보고는 3레벨 엘리트 몬스터를 향해 점프했다. 성준은 제발 다른 몬스터들을 처리할 때까지 보스 몬스터가 움직이지 않기를 바랐다.

성준은 허공을 발로 차며 엘리트 몬스터에게 돌진했다. 일행이 2레벨 몬스터들을 제거할 동안 3레벨 몬스터를 제거하거나 붙들고 있어야 했다. 보스 몬스터가 언제 전투에 참여할지 모르는 상황이기에 최대한 빨리 각개격파를 해야 했다.

성준이 3레벨 엘리트 몬스터에게 뛰어드는 순간 성준의 뒤에서 폭음이 들려왔다. 2레벨 엘리트 몬스터들이 일행을 향해 나무 몽둥이를 내려친 것이다.

펑! 펑! 캉!

전과 다르게 몬스터가 두 마리여서 물 방패는 그야말로 순식간에 터져 나갔고, 재식의 입에서는 피가 줄줄 흘러내렸다. 다행히 하은의 레벨이 올라 재식의 치료가 빨라져 그나마 간신히 버티는 중이었다.

하지만 일행의 공격력은 과거에 비해 엄청나게 상승했다. 일행의 공격에 몬스터들의 온몸이 난자되기 시작했다.

성준은 일행의 전투 소리를 배경으로 능력을 사용해 자신을 향해 내려치는 몽둥이를 옆으로 피했다. 그러고는 그대로 몬스터의 가슴으로 뛰어들려고 했다.

하지만 몽둥이가 지나가는 풍압에 그만 휩쓸리고 말았다. 3레벨 몬스터의 능력을 2레벨과 동등하게 생각한 것이 실수였다. 성준은 공중으로 한 바퀴 회전하다가 발로 허공을 박찼다.

성준이 반동으로 뒤로 튕겨 나가는 것과 동시에 성준의 코앞으로 몬스터의 손바닥이 지나갔다. 성준은 뒷머리가 쭈뼛섰다. 저 정도 공격이면 스치기만 해도 사망이다.

성준은 손바닥이 지나가자 다시 허공을 박차 몬스터의 앞으로 뛰어들었다. 이번에는 검을 박아 넣을 수 있을 것 같았다. 몬스터가 크기가 더 커지자 움직임 자체가 너무 커서 되려 공격하기는 더 쉬워진 것 같았다. 성준은 몬스터의 가슴에 검을 내질렀다.

캉!

하지만 검이 튕겨 나왔다. 자신의 검을 튕긴 엄청난 힘에 성준도 같이 날아가 버렸다. 성준은 놀라 정면을 바라보았다. 엘리트 몬스터의 앞에서는 보스 몬스터가 한 손에 창을 든 채 날개를 펄럭이며 떠 있었다.

"너무 빨리 끝나면 재미없지. 넌 나랑 싸우자."

보스 몬스터가 그대로 성준을 향해 날아왔다. 성준이 이를 악물고 검을 들어 올리자 보스 몬스터는 성준을 향해 빛살 같은 속도로 창을 찔러왔다.

성준은 감각을 최대로 끌어올렸다. 뒷머리에 소름이 돋았다. 세상이 완전히 뒤틀려 보이는 가운데 그 사이로 수십 개의 창영이 자신을 찔러왔다.

창창창창!

성준은 검을 휘둘러 모든 공격을 막는 데 성공했다. 보스 몬스터는 자신의 공격이 모두 막힌 것에 놀란 표정이다. 그가 사용한 것은 3레벨의 영기 창술이었다. 아바타들 사이에서도 수위에 속하는 능력인데 일개 검투사가 막은 것이다.

"좋은 검술을 가지고 있구나. 이 정도면 고유 능력일 게 분명해."

보스 몬스터는 희희낙락하면서 창을 막은 여파로 땅을 향해 떨어지는 성준을 따라 몸을 날렸다.

영기분석으로 본 보스의 약점은 정확했다. 보스 몬스터는 자신의 능력으로 창술을 늘린 것이 아니라 구슬을 먹어 창술을 익힌 것이었다. 그래서 성준의 감각에 창이 공격해 올 장소가 영기로 미리 보였다. 규격화된 공격은 성준이 충분히 막을 수 있었다.

하지만 성준은 어깨 근육이 불타는 듯한 느낌이 들었다. 4레벨이 되었다고는 하지만 아직 보스 몬스터가 창을 움직이는 속도에 몸이 따라가기 힘들었다. 물론 일반적인 귀환자라면 눈으로 보면서도 몸 한 번 움직이지 못하고 죽었을 것이 분명했다.

성준은 등 뒤로 땅이 다가오는 것을 느끼곤 몸을 누인 채로 발을 박차 땅 위를 쭉 미끄러져 나갔다.

쾅!

성준의 뒤쪽으로 보스 몬스터가 땅을 내려찍었다. 그 힘에 돌바닥이 크게 깨져 나갔다. 미끄러져 나가던 성준은 식은땀을 흘리면서 주위를 둘러보았다.

일행은 재식의 활약으로 아직 방어가 뚫리지 않고 있었다. 재식의 정신이 반쯤 나간 것으로 보이지만 그래도 아직은 방패 능력이 살아 있었다. 반면 2레벨 몬스터들의 온몸이 터져 나간 모습을 보면 거의 마지막이었다. 저쪽의 전투는 일행이 승리할 것 같았다.

성준은 마지막으로 3레벨 엘리트 몬스터를 보고는 깜짝 놀랐다. 자신이 엘리트 몬스터를 놓친 후 몬스터는 자신의 영기를 눈에 집중시키고 있었다.

'영기 광선인가?'

성준은 이를 악물고 손바닥으로 땅을 후려쳐서 방향을 바꿔 몬스터들을 향해 대각선으로 솟구쳐 올랐다. 이대로 계속 가속하면 얼추 시간이 맞을 것 같았다.

"어딜 도망가!"

성준의 옆으로 보스 몬스터가 날아왔다. 성준이 방향을 바꾸자 성준의 방향으로 몸을 날려 온 것이다. 이대로 보스 몬스터와 충돌하면 엘리트 몬스터를 막을 수 없었다. 성준은 수리를 소환하고 나타난 수리에게 소리쳤다.

"한 번만 막고 피해!"

수리는 갑작스러운 소환에도 침착하게 검을 잡고 보스 몬스터를 상대했다.

'제발.'

성준은 수리가 무사하기를, 또 자신이 엘리트 몬스터에 도착하는 것이 늦지 않기를 빌었다.

그 순간 엘리트 몬스터의 눈이 강하게 빛나기 시작하더니 사람 크기만 한 광선이 뿜어져 나왔다.

성준은 광선이 발사됨과 동시에 도착해 주먹으로 엘리트

몬스터의 머리를 후려쳤다.

쾅!

성준의 공격에 엘리트 몬스터의 얼굴이 옆으로 돌아갔다. 덕분에 몬스터 눈에서 발사된 광선은 얼굴이 돌아간 만큼 옆으로 그어졌다.

성준은 몬스터를 걷어차고 수리를 향해 몸을 날리면서 일행을 힐끔 쳐다보았다.

일행은 모두 쓰러져 있었다. 재식과 보람은 입에서 피를 흘리며 기절해 있고, 다른 사람들은 그나마 광선의 여파에 쓰러진 것 같았다. 모두 움찔거리면서 일어나려 하고 있었다.

그리고 일행의 옆으로 비틀어진 광선이 2레벨 몬스터 한 마리의 상체를 날려 버리고 콜로세움 관객석을 박살 내 버렸다.

성준은 바로 고개를 돌려 수리를 바라보며 손을 올렸다. 바로 소환을 해제할 생각이다.

하지만 너무 늦었다. 수리의 검은 보스 몬스터의 창에 그대로 튕겨 나갔고, 수리는 가슴에서 피가 솟구치며 밑으로 떨어져 내리고 있었다.

성준은 허공을 박차 수리를 따라잡았다. 이렇게 큰 상처를 입은 채 소환을 해제했다가는 어떻게 될지 알 수 없었다. 방금의 상황에서 제일 나은 방법이었지만 성준은 속으로 자책

할 수밖에 없었다.

성준은 수리가 땅에 떨어지기 직전에 낚아챌 수 있었다. 수리는 가슴에서 피를 뿜어내면서 기절해 있었다. 때문에 그는 자신의 몸으로 수리를 감싸 바닥의 충격으로부터 보호했다.

쿵!

성준은 등에서 느껴지는 충격에 이를 갈면서 주머니에서 회복석을 왕창 꺼냈다. 그를 내려다보는 보스 몬스터를 본 성준은 회복석 하나를 입에 넣고 허공을 박찼다.

성준의 주위로 영기 화살이 쏟아졌다. 창을 소환 해제하고 화살을 꺼내 든 보스 몬스터는 쉬지 않고 성준을 향해 영기 화살을 쏘아댔다.

성준은 사방에서 쏟아지는 화살을 피해 일행이 있는 곳으로 몸을 날렸다. 수리의 몸에서 피가 계속 나오자 성준의 마음이 다급해졌다.

성준은 급하게 움직이다가 바닥이 파이고 깨진 지역에 걸려 공중으로 튕겨 올랐다. 그런 성준을 향해 영기 화살이 쏟아졌다. 돌부리에 걸려 영기회복석을 먹을 타이밍을 놓친 성준은 수리를 가슴에 안은 채 등을 돌렸다. 한 발은 맞아줄 생각이다.

펑!

하지만 성준의 뒤에서 물이 터져 나가는 소리가 들렸다. 물 방패였다. 일행에게 다 온 것이다. 성준은 눈앞에 보이는 하은에게 몸을 던졌다.

퍽!

성준과 수리는 하은과 한 덩어리가 되어 바닥을 굴렀다.

"수리를 부탁해!"

수리와 하은을 안고 몸을 돌려 자신만 땅에 긁힌 성준은 수리를 하은에게 맡기고 다시 밖으로 뛰어나갔다.

일행은 겨우 정신을 차리고 일어나 있었다. 하은이 열심히 치료한 덕분에 방패들이 활성화돼서 보스 몬스터의 화살을 막을 수가 있었다.

성준은 앞으로 튀어 나가다 3레벨 엘리트 몬스터가 눈에 다시 영기를 모으는 것을 보았다. 머리가 푹 파였는데도 상관없는 모양이다.

성준은 이를 악물고 입에 다시 영기회복석을 넣은 다음 영기를 모으는 눈을 향해 검을 빼 들고 돌진했다.

퍽!

이번에는 성준이 조금 빨랐다. 절단강화가 걸린 성준의 검이 엘리트 몬스터의 눈에 박혔다. 성준은 바로 독 능력으로 전환하려고 했다.

퍽!

하지만 성준의 허리로 화살 하나가 스쳐 지나갔다. 보스 몬스터의 화살이었다. 그나마 계속 감각으로 주위를 감시하고 있어서 최후의 순간에 허리를 비틀어 직격을 피할 수 있었다.

성준은 피를 흘리는 옆구리를 무시하고 엘리트 몬스터를 박차 보스 몬스터를 향해 뛰어갔다. 엘리트 몬스터를 끝장내지 못한 게 아쉽지만 그래도 무기 하나는 봉쇄하는 데 성공했다.

성준은 보스 몬스터를 향해 돌진했다. 이 녀석을 막지 않으면 아무것도 안 되었다.

성준은 자신의 감각을 최대한으로 끌어올려서 전의 보스 존에서 들어간 상태로 진입하기 위해 노력했다. 이대로는 승산이 없었다. 성준은 화살을 피하며 보스 몬스터에 접근해 가다가 결국 그 상태에 진입하는 데 성공했다.

성준의 주변 시간이 느리게 움직였다. 아니, 성준의 시간이 빨라졌다. 성준은 주변에 흐르는 영기들을 느끼면서 보스와 전투를 벌이기 시작했다.

활을 집어넣고 다시 창을 꺼내 든 보스는 성준을 향해 창을 휘둘렀다. 성준의 검이 보스의 창의 속도를 점점 따라가더니 결국 압도하기 시작했다.

성준의 검은 보스의 창이 나갈 길을 미리 아는 듯 타격점을 끊어버렸고, 나중에는 성준의 공격이 끝없이 이어졌다. 보스 몬스터는 방어하기에 급급했다.

성준은 그 와중에도 끊임없이 손과 발을 움직여 공중에 떠 있었다. 부족한 영기는 손에 쥔 영기회복석을 끊임없이 입에 채워 넣어서 해결했다.

'잡았다.'

성준은 드디어 보스 몬스터의 창을 자신의 검이 압도하기 시작하자 기쁨의 환호성을 질렀다. 그리고 튕겨 나간 창 밑으로 절단강화가 걸린 검을 내질렀다.

키이익!

검이 보스의 몸에 선을 그으면서 지나갔다. 순간 성준의 얼굴이 하얗게 탈색되었다. 보스의 마지막 능력인 피부 강화가 성준의 검을 막은 것이다.

보스 몬스터가 그 모습을 보고 피식 웃자 성준은 이를 악물고 검을 휘둘렀다. 성준의 검은 보스 몬스터의 몸에 실선만 내고 있었다.

성준은 결국 분노에 차서 양손으로 검을 쥐고는 보스를 향해 내질렀다.

캉!

하지만 성준의 동작이 커진 탓에 검은 오히려 궤도를 읽혀 그는 뒤로 크게 튕겨 나갔다.

튕겨 나가면서 성준은 다시 한 번 자신을 향해 날아오는 화살을 피하느라 정신을 차릴 수가 없었다.

성준은 결국 다시 한 번 일행의 앞으로 밀려왔다. 일행은 필사적으로 눈에서 피를 흘리는 3레벨 엘리트 몬스터, 그리고 한쪽 팔이 날아가고 몸의 사방에서 피를 흘리는 2레벨 엘리트와 싸우고 있었다.

성준은 물 방패 뒤로 피해 다시 몸을 일으켰다. 성준의 옆구리에서 나오는 피가 점점 많아졌다. 하은은 재식과 보람을 치료하느라 자리를 뜰 수 없었다.

성준은 옆구리의 격렬한 통증을 느끼면서 이를 악물었다. 이곳에 계속 있을 수는 없었다.

보스 몬스터가 쏘아대는 영기 화살에 이미 방패는 모두 날아가 버리고 없었다.

성준은 다시 호주머니에서 한 움큼의 회복석을 꺼내 쥐고 앞으로 튀어 나갔다.

그런 성준을 향해 2레벨 엘리트 몬스터가 주먹을 휘둘렀다.

"거치적거리지 마!"

성준은 눈앞에 반쯤 뭉개진 채로 휘두르는 2레벨 엘리트 몬스터의 주먹을 베어버렸다.

서걱!

이어 그는 허공으로 뛰어올라 팔이 잘린 몬스터의 목을 날려 버리고 그대로 몬스터의 몸을 밟고 뛰어올랐다.

성준은 영기회복석을 먹으며 보스를 향해 허공을 박찼다.

"소용없어."

보스 몬스터는 몸에 생긴 선을 손으로 문지르더니 다시 성준을 향해 날아왔다.

"죽어, 이 개자식아!"

성준은 비명 같은 고함을 지르면서 보스 몬스터를 향해 검을 내질렀다. 성준의 눈에 실핏줄이 드러나고 근육이 비명을 지르기 시작했다.

성준과 보스 몬스터는 허공에서 공방을 주고받았다. 검과 창이 눈에 보이지도 않을 속도로 움직이고 있고, 성준은 보스의 강한 공격에 튕겨 나갔다가도 다시 허공을 박차 보스에게 뛰어들었다. 영기회복석은 계속해서 성준의 입으로 들어가고 있었다.

보스 몬스터는 자신과 동수로 어울리는 성준의 모습을 신기해했지만 이제 그만 끝내기로 했다. 보스 몬스터는 방어를 포기하고 성준을 공격하기 시작했다. 성준의 몸 사방에서 피가 튀었다. 성준은 공격에서 방어로 전환할 수밖에 없었다. 절단강화로도 보스의 몸에 실선만 그을 뿐이니 방법이 없었다.

보스 몬스터는 수시로 영기회복석으로 영기를 회복하는 성준의 모습에 인상을 쓰며 성준을 향해 힘차게 창을 휘둘렀다.

서격!

순간 뒤로 튕겨 나가는 성준의 몸에서 왼쪽 팔이 떨어져 나
갔다. 성준의 팔에서 피가 쏟아져 나오며 얼굴이 하얗게 질렸
다. 성준은 급하게 영기를 한쪽 팔로 몰아 피를 틀어막았다.

성준의 마음속에서 비명이 터져 나왔다. 이걸로 자신의 능
력이 반 이상 사라져 버렸다. 이대로는 몇 분도 버티지 못할
게 분명했다. 성준은 자신에게 남은 무기를 바라보았다.

공중에서 떨어지며 남은 한쪽 팔을 바라보는 성준의 표정
은 일그러진 가운데에서도 묘한 기대로 일렁였다. 성준은 떨
어지던 몸을 세우고 보스 몬스터를 향해 몸을 박찼다.

성준의 손에 들린 검에서 빛이 나고 있다.

보스 몬스터는 팔에서 피를 줄줄 흘리면서도 자신을 향해
돌진하는 성준을 보고는 씩 웃었다. 다른 검투사들도 마지막
에는 저렇게 발악하면서 죽어갔던 것이다. 최후까지 포기하
지 않는 인간들을 보며 묘한 감흥에 젖었다. 하지만 우선은
저 불나방부터 정리해야 했다.

성준은 감각을 모두 끌어올렸다. 세상이 빙글빙글 돌고 피
가 부족해서 현기증이 났다. 어느 것이 영기인지 보스인지도
구별이 잘되지 않았다. 온몸의 근육이 덜덜거리고 있다.

하지만 성준은 눈앞으로 쏟아지는 창을 허공을 박차 피하며 보스에게 뛰어들었다. 이미 성준의 상체는 스쳐 지나간 창으로 인해 피투성이였다.

그리고 성준은 보스의 가슴에 검을 내질렀다.

툭!

보스는 검에 찔린 자신의 가슴을 보았다. 검은 자신의 피부조차 뚫지 못하고 검끝이 피부에 붙어 있다.

"이제는 생채기도 내지 못하나? 그만 죽어라!"

보스 몬스터는 고개를 들고 눈앞에 정신을 집중하고 있는 성준을 향해 창을 겨누었다.

웅웅웅!

순간 보스 몬스터는 자신의 가슴에서 빛과 함께 소리가 들리자 깜짝 놀라 아래를 내려다보았다.

성준의 검이 찬란한 빛을 뿌리고 있다.

"뚫어라! 먹보 검아!"


—발렌 제국 제식 장검—각성.

—영기 레벨 3.

—영기 성장치 30.

—영기 130.

—절단강화 레벨 2, 독날 생성 레벨 2, 영기 압축 레벨 1.

―코어 보석으로 각성한 검.

―영기 압축 사용 가능.

―영기 능력치 190.


2레벨 엘리트를 죽이면서 드디어 성준의 검이 영기 압축을 사용할 수 있게 되었다. 성준의 고함과 함께 검에서 빛이 튀어나왔다.

쾅!

보스 몬스터는 어이없다는 표정으로 성준을 바라보았다. 보스 몬스터의 가슴에 주먹만 한 구멍이 난 것이다. 상당히 큰 상처였다.

"붸!"

그때 성준이 입에 물고 있던 마지막 영기회복석을 검에 뱉었다. 곧바로 영기회복석이 검에 녹아들자 성준은 그대로 검을 보스 몬스터의 구멍 난 가슴에 쑤셔 넣었다. 그리고 얼마 없는 영기를 이용해 검의 독기를 보스 몬스터의 몸에 밀어 넣었다.

이내 성준과 보스 둘 다 아래로 떨어져 내렸다. 보스는 독기운에 계속 꿈틀거렸고, 성준은 희미한 정신을 모아 검에 영기가 생기는 족족 독으로 바꾸어 보스 몬스터에게 퍼부었다.

성준의 뒤에서 발소리가 들렸다. 이미 반쯤 정신을 잃은 성준은 누가 왔는지 확인도 못하고 소리를 질렀다.

"영기회복석을 검에 먹여! 영기가 부족해서 독이 약해!"

성준의 어른거리는 시야에 누군가 자신의 잘린 팔을 잡고 있고, 다른 누군가는 검에 손을 올리는 것이 보였다. 성준은 있는 힘껏 검의 독을 밀어 넣었다.

멀리서 들리던 보스 몬스터의 비명이 또렷해지고 있었다. 성준은 팔에서 느껴지던 고통이 조금씩 덜해지고, 자신의 잘린 팔의 신경이 이어지고 있음을 느낄 수 있었다. 그는 정신을 차리기 위해 머리를 흔들었다.

성준의 눈에 사람들의 얼굴이 보였다. 검을 잡고 있는 수리와 잘린 팔을 잡고 이어붙이고 있는 하은이 보인다. 보람은 보스 몬스터의 옆에서 물 덩어리로 보스 몬스터의 팔다리를 누르고 있다.

그녀들의 눈에서는 눈물이 쏟아지고 있었다.

그리고 나머지 일행은 성준을 향해 달려오고 있다. 결국 일행이 3레벨 엘리트 몬스터를 죽인 모양이다. 보스 몬스터가 연기로 변하는 모습을 확인한 성준은 결국 정신을 잃고 말았다.

튜멘 시 시내 한가운데 있는 공원에서 강렬한 빛이 솟구쳐 올랐다. 몬스터홀이 제거된 것이다. 주위에 있던 군인, 그리고 머릴 도시에 있는 모든 사람들이 빛이 뿜어져 나오고 있는 공원을 바라보았다.

공원이 내려다보이는 10층짜리 상업용 건물의 꼭대기 층에서도 강렬한 빛은 포착되었다. 창가에 서 있던 이바넨코 중장은 빛을 내뿜는 몬스터홀을 보면서 말했다.

"성공한 모양이군. 예상보다 더 대단한 팀인 모양이야. 정말 그냥 보내주기 아쉬운데."

"영기회복석의 존재를 확인한 지금, 실패했을 때의 여파를 생각하면 그냥 보내주는 것이 좋을 것 같습니다."

장군의 말에 부관이 뒤에서 급히 반대하고 나섰다.

"나도 알아. 그냥 아쉬워서 한 말이야."

장군은 몸을 돌려 몬스터홀 임시 작전사령부의 모두에게 명령을 내렸다.

"고생하고 돌아온 이웃을 따뜻하게 맞이하고 주위에 상황을 전하도록."

10층에 마련된 몬스터홀 대책 임시 작전사령부가 소란스러워졌다.

이바넨코 중장은 전화를 꺼내 번호를 눌렀다. 그리고 대통령에게 몬스터홀 제거에 대해 보고하기 시작했다.

\*        \*        \*

빛이 사라진 몬스터홀은 주변의 흙이 무너져 내리면서 메워졌다. 그리고 움푹 파인 그곳에 사람들이 나타나기 시작했다.

일행이 나타나는 것과 동시에 여성들의 고함 소리가 들려왔다.

"의사! 아니, 빨리 병원으로!"

하은이 성준의 잘린 팔을 이어붙이면서 소리쳤다.

마지막 순간에 수리가 성준의 잘린 팔을 찾았다. 그리고 하은이 그 팔을 들고 성준에게 붙여주고 계속해서 치료 능력을 퍼부은 것이다.

하지만 한 번도 사람의 잘린 신체 부위를 연결해 본 적이 없는 하은은 걱정이 이만저만이 아니었다.

다른 사람들도 성준이 걱정되었는지 그의 근처로 모여들었다. 그중에 보람과 재식의 얼굴빛이 특히 안 좋았다. 3레벨 엘리트 몬스터의 공격에 엄청난 충격을 입은 상태로 계속해서 전투를 이어간 탓이다.

하은의 능력은 육체적인 부상만 치료되기 때문에 피로나 정신적인 충격을 해소할 방법이 없었다. 하지만 성준이 걱정되어서 모두가 꾹 참고 성준을 병원으로 보내기 위해 이리저리 뛰어다녔다.

일행이 등장하고 얼마 지나지 않아 대기하고 있던 군의관이 뛰어 내려오고 구급차가 출동해서 일행 전부를 병원으로 실어 갔다.


성준은 멀리 보이는 흐린 인영을 보고 있었다. 그 인영은 멀리 떠나면서 성준에게 소리쳤다.

"꼭 찾으러 와야 해요!"

성준은 그 인영이 사라져 가는 모습이 안타까워 손을 내밀다가 자신의 왼손이 움직이지 않는 것을 깨달았다. 그리고 성준은 자신이 지금 꿈을 꾸고 있다는 것을 알았다. 잠시 뒤 성준의 의식이 잠에서 깨어나기 시작했다.

성준이 눈을 뜨자 눈앞에 뿌연 인영이 보인다. 성준은 눈을 껌벅였다. 그러자 점차 사물이 보이기 시작했다.

"제가 보이세요?"

성준의 눈앞에 하은이 있다. 성준은 하은의 말에 고개를 끄덕였다.

하은은 성준의 모습에 안도의 한숨을 내쉬었다. 성준은 병실에 하은밖에 없는 것을 보고 그녀에게 물었다.

"다른 사람들은?"

"지금 새벽이에요. 다른 사람들은 모두 자고 있어요. 보람 언니하고 재식 씨는 너무 힘들었는지 병원으로 오는 도중 기절하듯이 쓰러져 버렸고요."

하은은 자신이 앉아 있는 의자를 옮겨 성준에게 보호자 침대에 쪼그려 자고 있는 수리를 보여주었다.

"수리 언니하고 제가 교대로 오빠를 간호하고 있었어요. 여태 언니가 간호하다 좀 전에 교대했고요."

성준은 하은의 말에 고개를 끄덕였다. 그리고 수고했다는 의미로 하은의 어깨를 두드려 주었다.

그러자 하은의 얼굴이 순식간에 환해졌다. 성준은 과하게 표현하는 하은의 모습에 고개를 갸웃거렸다. 그러다 성준은 자신의 모습에 위화감을 느꼈다.

방금 자신이 왼손으로 하은의 어깨를 두드려 준 것이다. 성준은 왼손을 들어 올렸다.

왼팔이 온전하게 붙어 있다. 성준은 환자복을 어깨까지 걷어 올렸다. 팔꿈치 위쪽으로 팔을 빙 둘러 선 하나가 반듯하게 그어져 있고 그 주변의 피부색이 붉게 변해 있다.

성준은 팔과 손가락을 움직여 보았다. 특별한 위화감을 느끼지 못했다.

"이곳 의사선생님 말로는 문제가 없어 보인다고 했지만 걱정 많이 했어요. 움직이는 데 불편함은 없죠?"

"응, 괜찮아. 정말 고마워."

성준의 말에 하은이 기쁜 얼굴이 되었다.

"팔을 찾은 건 수리 언니예요. 저야 있는 능력을 쓴 것뿐인 걸요. 보람 언니도 지친 몸으로 보스 몬스터를 누르는 데 온 힘을 다했어요."

　자신의 시선을 피해 주저리주저리 이야기하는 하은을 바라보던 성준은 그를 바라보는 시선에 고개를 돌렸다. 그곳에는 어느새 일어났는지 수리가 깨어 있었다.

　수리는 보호자 침대에 앉아 성준을 보고 미소를 지었다. 성준도 수리를 보고 웃어주었다. 둘의 표정에서 안도감과 동질감, 그리고 조금의 안타까움이 묻어나왔다. 이렇게 팔이 치료된 것을 보니 성준은 이미 사람보다 가디언에 가까워진 것 같았다.

　성준은 침대에서 일어나 하은에게 침대를 양보했다.

　"둘 다 좀 더 자. 나머지는 아침에 이야기하자. 나는 여태 잤으니 씻고 조금 움직여 볼게."

　성준은 그렇게 둘에게 이야기하고 병실에 붙어 있는 세면장 겸 화장실로 들어갔다. 그리고 벽에 몸을 기대고는 눈을 감았다.

　계속해서 뒷목과 머리에서 고통이 밀려왔다. 감각을 심하게 써댄 모양이다. 고통 대신 영기를 사용해서 안심하고 있었는데 저번에 과하게 썼을 때도 고통이 일어나더니 지금은 고통이 그때보다 심한 것 같았다.

　성준은 눈을 떴다. 아직은 자신의 한계가 아니었다. 성준은 거울을 보고 다시 한 번 의지를 다졌다.

아침이 되자 일행은 한 명씩 잠에서 깨어나기 시작했다. 그들은 먼저 성준의 무사함을 확인하고 기뻐해 주었다. 보람은 성준의 팔을 붙잡고 이리저리 주물러 대서 성준을 난처하게 만들었다.

결국 성준의 병실에 일행 모두가 모이게 되었다. 성준은 모두를 둘러보았다. 모두 살아서 다시 만났다.

이번에는 성준도 팔이 잘린 그 순간 일행을 다시 보지 못할 것으로 생각했다. 이렇게 살아서 만나다니 참으로 다행이었다. 성준은 더욱더 강해져야겠다고 다짐했다.

"모두 이곳에 남겨놓은 것은 없죠?"

성준의 말에 모두 고개를 끄덕였다.

"이제 집으로 돌아갑시다!"

일행은 피식 웃고는 짐을 챙기기 시작했다.

\*　　　\*　　　\*

회의실에는 이바넨코 중장과 마리아 대위, 그리고 러시아 정부 요원으로 보이는 사람이 앉아 있다. 반대쪽에는 커다란 TV가 있었다. TV 위에는 카메라가 달려 있어 그것이 화상회의용 장비라는 것을 알 수 있었다.

화면에는 현재 러시아 대통령의 모습이 보이고 있고, 그 앞에서 이바넨코 장군이 대통령에게 보고하고 있었다.

"…있습니다. 이렇게 해서 현재 몬스터홀 상황에 대한 보고를 마칩니다."

　장군이 보고를 마치자 대통령이 마리아 대위를 바라보았다.

"옆에서 한국 귀환자 팀을 보고 판단한 내용을 알려주시기 바랍니다."

"넵!"

　마리아 대위가 대통령에게 보고하기 시작했다.

"우선 귀환자 조합의 조합장인 미스터 최는 다른 팀원들의 레벨과 비교한 바 4레벨입니다."

　화면 밖에서 신음 소리가 들려왔다. 예상보다도 높은 레벨인 것이다.

"그리고 일행 대부분은 3레벨이었습니다. 얼마 전에는 반수 정도가 2레벨이었는데 급격하게 레벨이 오르고 있습니다."

　마리아는 대통령의 계속 이야기하라는 표정을 확인하곤 보고를 진행했다.

"팀 전체가 미스터 최를 중심으로 단단히 뭉쳐 있습니다. 팀의 분열이나 문제의 여지는 전혀 보이지 않았습니다. 단지 문제가 있다면 미스터 최를 좋아하는 여성이 세 명이나 된다는 점 정도일까요?"

대통령이 화면에서 쓰게 웃었다. 도움이 되는 정보가 아닌 것이다. 그때 화면 밖에서 누가 대통령에게 이야기를 전하는 것 같았다.

"귀환자의 레벨이 오르면 몬스터홀도 레벨이 오른다고 하지 않았나요? 4레벨 몬스터홀에 들어갔으면 다들 살아나오기 힘들 텐데요?"

"미스터 최가 저에게 말하지 않은 비밀이 더 있어 보였습니다. 아마도 몬스터홀을 가려서 들어갈 수도 있는 모양입니다. 게다가 그 자체의 무력도 일반적인 4레벨이라고 보기 어려울 정도였습니다. 일행 전체 무력의 반 이상을 그의 무력으로 보면 될 것 같습니다."

"그럼 팀원 몇 명을 회유해서 러시아에 남게 하는 것은 의미가 없겠군요."

"미스터 최를 제외하고 나머지 귀환자들은 평범했습니다. 모두 그 레벨 수준의 귀환자들이었습니다. 만약 미스터 최가 없었다면 몇 번이고 전멸했을 겁니다."

"알겠습니다. 우리도 모두 미스터 최에 맞추어 일을 진행하도록 하지요. 마리아 대위, 당신에게 다음 작전을 지시하겠습니다."

"넵."

"한국으로 가서 귀환자 조합에 참여하도록 하십시오. 정보를 얻어도 좋고, 관계를 개선하는 것도 좋습니다. 어쨌든 최대한 러시아와의 연결 고리를 만들어보십시오."

"미스터 최의 감각이 날카로워 이미 정체를 들켰을지도 모릅니다."

"괜찮습니다. 공식적으로 움직여도 됩니다. 전폭적으로 지원하겠습니다. 귀하의 뒤에는 러시아가 있다고 생각하면 됩니다."

마리아는 표정을 굳히고 대답했다.

"최선을 다하겠습니다."

*　　　*　　　*

성준과 일행은 아침에 바로 짐을 챙겨서 호텔로 직행했다. 마리아는 몬스터홀에서 돌아온 뒤로 보이지 않았지만 모두 그러려니 했다.

일행은 호텔에서 늦은 아침을 먹고 바로 공항으로 출발했다. 그리고 공항에서 일행은 마리아와 장군을 만날 수 있었다.

"배웅은 안 나오셔도 되는데……."

성준의 말에 장군이 대답했다.

"저희를 구해준 영웅들인데 배웅을 나와야지요. 대대적인 행사를 하려고 했지만 바쁘신 분들이라 저희만 나왔습니다."

장군의 말에 성준은 미소를 지었다. 감각으로 확인한 장군의 말에는 거짓이 없었다.

"보상은 저희가 최대한 지급하도록 하겠습니다. 여러분이 후원자 분들에게 받는 금액보다 넉넉하게 준비했으니 만족하실 겁니다."

성준은 등에서 식은땀이 났다. 역시 러시아의 정보망이었다. 성준은 고개를 돌려 마리아를 보았다. 그런데 마리아의 복장과 짐이 이상했다.

"마리아 씨도 돌아가시나 봐요? 준비하고 오셨네요?"

성준의 말에 마리아는 고개를 흔들었다.

"저는 여러분을 따라가려고 왔는데요? 저번에 팀원으로 받아준다고 하셨잖아요?"

"네?"

성준은 마리아의 말에 신경이 날카로워졌다. 정부 인물이라는 것을 알게 된 이상 전의 이야기는 없는 걸로 해야 했다.

마리아가 성준을 향해 경례했다.

"마리아 스미르노프 대위, 미스터 최에게 정식으로 인사드리겠습니다. 러시아 정부 대표로 한국 귀환자 조합에 가입,

혹은 참관을 원합니다."

"……."

성준은 모든 비밀을 밝힌 마리아의 앞에서 난감해하며 마리아가 참여하는 것을 우선 보류했다. 다른 사람들과 이야기를 나누어봐야 하는 문제였다. 러시아 정부와 직접적으로 관련된 일이니 감정적으로 움직일 수 없었다.

"제가 결정할 문제가 아니니 따로 정부 채널로 이야기해주시기 바랍니다. 사사로이 움직일 문제가 아닌 것 같습니다."

성준의 이야기에 마리아는 풀이 죽었다. 하지만 성준은 그 모습이 만들어진 것임을 확인하고는 바로 인사를 하고 몸을 돌렸다.

마리아는 성준이 떠나가는 모습에 아쉬워했다. 역시 쉬운 남자가 아니었다.

"자네 예상대로군. 이런 식으로는 안 되는 모양이야."

"네, 어차피 실패할 확률이 높다고 생각했습니다. 빨리 움직여야 할 것 같습니다."

마리아의 말에 장군이 고개를 끄덕였다. 그리고 두 사람은 그 자리에서 비행기가 떠나는 모습을 지켜보았다.


비행기가 안전하게 이륙하자 성준은 안전띠를 풀고 일행

에게 휴식을 취하도록 했다. 아직 상황을 설명해 주기에는 미국인 승무원들이 걸렸다. 성준은 자리에 앉아 잠시 눈을 감았다. 겨우 살아나왔는데 쉴 틈이 없을 것 같았다.

비행기는 러시아 공군의 호위를 받으며 일곱 시간 만에 서울 공항으로 돌아왔다. 이제 이 비행기는 승무원을 구하는 대로 김포 공항으로 이동할 것이다.

공항에 도착한 일행은 어두워지는 하늘을 보고 상념에 잠겼다. 드디어 집에 돌아온 것이다. 일행은 모두 조합 버스에 올라탔다.

성준은 그제야 조 실장에게 전화를 걸었다. 계속 상황이 궁금했지만 참고 있었다.

—무사히 돌아오셨군요.

"네, 보스를 잡고 몬스터홀도 제거했습니다."

—정말입니까? 하하, 정말 잘되었습니다.

조 실장은 성준의 말에 상당히 기뻐했다.

—상황이 궁금하실 것 같아 먼저 말씀드리겠습니다.

조 실장은 잠시 뜸을 들인 후 말을 시작했다.

—현재 인터넷은 반반 정도로 나뉘어서 격론 중입니다. 그쪽이 몇 개 인터넷 언론사와 블로그 등을 이용해서 이슈를 양산 중이고요, 우리 쪽은 제가 알고 있는 몇 개 루트로 반격 중입니다.

"이렇게 여론 몰이로 일을 만든 이유는 찾았습니까?"

―뜻밖에 쉽게 걸려들었습니다. 그날 이후로 조합원들 가족을 보호하던 요원 중 일부가 지령의 혼선으로 자리를 비웠습니다. 그리고 때에 맞추어 낯선 사람들이 가족들에게 접근했습니다. 다행히 미리 준비해 두신 경호원들에 의해 그들의 접근을 막을 수 있었습니다. 그들을 붙잡으려고 하자 대부분이 도망갔지만 다행히 한 명은 잡을 수 있었습니다.

성준이 인상을 썼다. 다른 사람과 마찬가지로 성준도 가족과 관련된 일에는 인내심이 부족했다.

―심문을 해봐야겠지만 아마도 회유나 그것보다 더 안 좋은 쪽을 노린 것일지도 모르겠습니다. 그리고 조합원들의 가족에게 계속해서 전화로 문제를 제기하는 모양입니다. 조합원들을 안심시켜 주시기 바랍니다.

성준은 알겠다고 대답했다. 조 실장의 말은 결국 그들이 여론 몰이로 조합을 깎아내린 후 조합원들을 분열시킬 생각이라는 것이다. 조 실장의 이야기를 들은 성준은 그의 이야기에 동의했다.

―다행히 이번에 러시아에 있던 3레벨 몬스터홀이 제거되었으니 앞으로는 저희 쪽이 움직이기가 훨씬 수월해질 것 같습니다. 위기 상황에서의 절대적인 힘 앞에서 여론 몰이는 아무 소용없게 마련입니다.

성준은 조 실장과의 전화를 끊고 생각에 잠겼다. 이대로 계속해서 방어만 하는 것은 성미에 안 맞았다. 성준은 계획대로 조합을 공개하기로 했다.

성준은 자리에서 일어나 조합원들에게 상황을 이야기하기 시작했다. 할 이야기가 참 많았다.

우선 던전에서의 숲지기, 마리아, 그리고 방금 들은 조 실장의 이야기까지 모두 했다.

"여러분에게 가족이나 다른 사람들이 연락해 올 확률이 매우 높습니다. 아마도 조합의 문제점을 이야기하며 조합에서 나오라고 할 것입니다. 저는 여러분의 자유 의지를 존중하지만 최대한 여러분과 같이 움직였으면 합니다."

성준의 말이 끝나자 헤라가 말했다.

"여기 말고 어디를 간다고 그래요? 난 죽고 싶지 않아요."

"말을 해도 그렇게 하냐. 더 좋은 말도 있잖아. '여러분을 사랑하니까 남아 있을래요' 라든지, '어떤 압력에도 굴하지 않고 힘을 합치겠습니다' 라든지. 그 좋은 말들을 놔두고 '죽고 싶지 않아요' 라니……."

다희가 헤라의 말에 딴죽을 걸었다.

"흥, 그런 거야 상황이 바뀌면 생각도 바뀔 수밖에 없어. 하지만 당장 조합장님 옆에 붙어 있어야 살 수 있는데 딴생각이 나겠어? 거기다가 조합장은 운명이 점지한 영웅이라잖아.

무슨 일이 있어도 옆에 붙어 있어야지."

영웅이라는 이야기에 다희도 머리를 끄덕였다. 게임 마니아에 장르 소설 마니아인 다희에게는 소설 속의 영웅이 현실에 등장한 것이다.

그때 재식이 조용히 손을 들었다.

"혹시 마리아를 팀에 넣으면 안 될까? 보람이하고도 호흡이 맞고 우리에게 필요할 것 같은데."

재식의 말이 끝나자 호영의 주먹이 재식의 머리를 강타했다.

"이 자식아, 맘에 들었으면 그냥 이야기하지 다른 핑계를 대고 있어!"

"분위기가 그렇잖아요. 나도 이제 머리 좀 씁시다."

재식이 머리를 만지며 말했다.

"되지도 않는 잔머리 쓰지 말고 그냥 말해. 오히려 분위기 이상해져."

"쩝, 그렇다면야……."

재식이 성준을 향해 소리쳤다.

"내 연애 사업 좀 도와주라! 문제없으면 마리아 좀 가입시켜 줘!"

재식의 말에 호영은 한숨을 내쉬었다. 괜히 잔머리를 쓰지 말라고 한 것 같았다.

여성들은 재식의 말에 오히려 재미있어 했다. 하지만 성준은 일행이 억지로 즐거워하는 것 같아 마음이 안 좋았다. 빨리 정리해야 할 것 같았다.

이야기가 정리되자 성준은 자리에 앉아서 구슬을 확인해 보았다. 이번에는 전투가 끝나기 무섭게 바로 정신을 잃었고, 그 장소도 다른 나라여서 이제야 구슬을 확인해 볼 수 있었다. 다행히 모든 구슬을 회수할 수 있었던 모양이다.

두 개의 2레벨 엘리트 몬스터의 구슬은 모두 육체 강화 구슬이었다. 성준은 한숨을 내쉬었다. 이제 팀원 중에 2레벨은 하은과 다희만이 남아있었다. 쇠뇌를 사용하는 그녀들에게 육체 강화를 줄 생각에 성준의 머리가 지끈거렸다.

그리고 성준은 3레벨 엘리트 몬스터의 구슬을 기대하며 확인했다. 1/3의 확률이지만 운이 좋으면 강력한 한 방이 있는 능력을 얻을 수 있을 것 같았다.

―영기보석 영기 광선 레벨 3.
―레벨 3 영기 성장치 100 검투사를 4레벨 검투사로 만듦.
―레벨 4 이하의 검투사의 영기 성장치를 증가시킴.
―신체의 한 부분에 영기를 모아 광선을 발사한다.
―영기의 양에 따라 지속 시간이 변한다.
―적용 방법: 먹기.

다행히 원하던 구슬이 나왔다. 이제 마지막으로 보스 몬스터의 구슬을 확인할 차례였다.


*―영기보석 피부 강화 레벨 4.*
*―레벨 4 영기 성장치 100 검투사를 5레벨 검투사로 만듦.*
*―레벨 5 이하의 검투사의 영기 성장치를 증가시킴.*
*―적의 공격에 대항해 피부가 강화됨.*
*―레벨에 따라 피부 강도가 증가.*
*―적용 방법: 먹기.*


성준은 한숨을 내쉬었다. 이번에는 실패였다. 궁술이나 창술이 나왔으면 팀원에게 좋았을 텐데 많이 아쉬웠다. 성준 자신이 먹더라도 궁술이면 전천후 타입이 될 수 있었는데 결국 몸으로 뛰어다닐 운명인 것 같았다.

성준은 자신의 팔을 보았다. 영기 성장치가 50이 채 안 되었다. 그나마 보스들을 잡아 이 정도이다. 이제는 2레벨 엘리트 이하는 성장치가 거의 움직이지도 않는 것 같았다. 앞길이 까마득했다.


다음 날 아침, 성준은 조 실장, 보람과 함께 회의를 시작했다. 수리는 성준의 옆에 조용히 앉아 있다.

"영기회복석도 상당한 양이군요. 이 정도면 일을 추진해 볼 수 있을 것 같은데요?"

영기회복석을 본 조 실장의 얼굴에 화색이 돌았다.

"마지막 보스랑 싸울 때 제가 많이 사용하지 않았으면 좀 더 가지고 나올 수 있었을 텐데 아쉽군요."

성준의 아쉽다는 말에 조 실장은 고개를 저었다.

"이 정도면 충분합니다. 우선 생명이 먼저지요. 그리고 이 번 던전에서 나온 구슬은 조합원용으로 모두 돌려야 할 것 같고, 마리아의 문제는 정부와 이야기해 봐야겠습니다."

성준은 조 실장의 말에 고개를 끄덕였다.

"그런데 숲지기의 예언은 어디에 이야기하기가 곤란하겠습니다. 오히려 유언비어가 나오기 딱 좋을 것 같은데요."

"제 생각도 마찬가지입니다. 비밀로 했으면 합니다."

둘은 그것을 비밀로 하기로 합의하고 마지막 안건을 이야기했다.

"여론은 비등비등합니다. 유언비어에 현혹된 이들이 많아서 우리 귀환자 조합을 내사해야 한다고 이야기하는 사람도 많고, 좀 더 심하게 이야기하는 사람도 많습니다. 하지만 우리 쪽 역공으로 귀환자 조합의 장점을 이야기하는 사람도 많습니다."

조 단장은 잠시 눈을 만지고 이야기했다.

"만약 빨리 막지 못했다면 가족들의 동요가 심했을 것입니다."

성준도 조 단장의 말에 동의했다. 조합원 중엔 여성과 어린 학생까지 있다. 아무래도 가족들의 이야기를 외면하기가 힘들었다.

"현재 가장 이슈가 무엇이지요?"

"역시 비밀주의지요. 유언비어가 나온 것도 사람들의 호기심을 긁어서 생긴 일이니까요."

성준은 고개를 끄덕였다.

"그럼 그들이 원하는 것을 줍시다. 내일 기자회견을 하겠습니다."

성준의 말에 보람과 조 단장은 고개를 끄덕였다. 그리고 성준은 그날 모든 조합원의 동의를 얻어냈다.


그날 오후, 한국 귀환자 조합 홈페이지에는 다음 날 있을 기자회견에 관한 이야기가 메인 화면에 올라왔다. 그날 저녁 방송은 귀환자 조합의 기자회견에 대한 방송이 주 관심사로 방송되었고 인터넷은 들끓어 올랐다.

다음 날, 성준은 양복을 입고 문 앞에서 마지막 점검을 하고 있었다. 오늘 발표는 조 실장이 진행하고 성준은 앞에 나가 짧게 인사만 하기로 했다. 어차피 기자를 상대하는 것은 나이와 관록이 있는 조 실장이 하는 편이 좋았다.

보람이 성준의 넥타이를 똑바로 잡아주며 말했다.

"잘하세요."

"내가 하는 게 뭐 있어야지."

보람이 피식 웃었다. 이곳은 보람과 성준, 조 실장, 그리고 일반 직원들밖에 없었다. 나머지 조합원들은 따로 휴게실에 모여 있었다.

작은 사무실 하나를 급히 개조한 발표장은 기자들로 가득 차 있었다. 내외신 기자들부터 가족, 인터넷 기자까지 모두가 모여 있었다.

잠시 뒤 앞쪽 문이 열리며 성준과 조 실장이 일반 직원들과 함께 등장했다. 성준은 옅은 선글라스를 쓰고 있었는데 늘씬한 체격과 샤프한 인상 덕분에 연예인처럼 보였다.

모여 있던 기자들이 웅성거렸다. 전혀 의외의 사람들이 나왔기 때문이다.

성준은 마이크 앞으로 나가 주위를 둘러보고는 이야기를 시작했다.

"귀환자 조합의 조합장인 최성준입니다. 만나서 반갑습니다."

성준은 사진과 다른 본인의 모습에 어리둥절해하는 기자

들을 앞에 두고 계속 이야기했다.

"저희는 4레벨 귀환자 한 명과 대다수가 3레벨로 이루어진 귀환자 팀입니다. 현재 2레벨 몬스터홀 세 개를 제거했고, 어제 러시아에서 발생한 3레벨 몬스터홀을 제거했습니다."

기사들은 갑자기 터져 나오는 커다란 이슈에 정신을 못 차렸다.

"현재 여러 유언비어가 나오고 있다는 이야기를 듣고 저희 귀환자 조합원들의 심려가 큽니다. 또한 몬스터홀을 제거할 수 있는 팀이 저희밖에 없어서 팀원들의 피로가 심각합니다. 유언비어는 되도록 자제해 주시기 부탁드리겠습니다. 저희의 모든 정보는 앞으로 홈페이지에 기재될 것입니다."

성준은 빠르게 마지막 이야기를 했다.

"그리고 우리 조합도 더는 폐쇄적으로 움직이지 않으려고 합니다. 오늘부터 저희 귀환자 조합은 새로운 조합원을 받을 것입니다. 양식은 홈페이지에 올리도록 하겠습니다."

성준은 모두에게 인사를 하고 자리에서 내려갔다. 잠시 얼이 빠져 있던 기사들은 성준이 내려가자 난리가 났다.

조 실장은 한숨을 내쉬면서 마이크 앞으로 나아갔다. 그리고 기자들의 질문에 대답하기 시작했다.

그날 인터넷의 귀환자 조합에 대한 모든 유언비어는 세계 최강의 조합 가입이라는 이슈에 밀려 발붙일 곳이 없어졌다.

*          *          *

커다란 책상 앞에 비싸 보이는 소파와 고급 가구들이 배치된 이곳은 은성그룹 회장실이다.

책상 앞에는 비서로 보이는 남자가 고개를 숙인 채 서 있었고, 회장은 자리에 앉아 누군가와 전화를 하고 있다.

"예상보다 준비가 철저한 모양입니다. 첫 번째 공격은 카운터로 저희 쪽이 한 대 맞은 것 같습니다. 어차피 이제 시작이니 너무 걱정 안 하셔도 됩니다. 하하, 그 정도 손해야 서로 각오한 것 아닙니까? 필요하다면 은성이 따로 피해는 보상해 드리지요. 네, 네, 들어가시기 바랍니다."

은성그룹 회장은 그의 거목 같은 얼굴을 심하게 일그러뜨리면서 전화기를 내려놓았다.

"이 박쥐 놈들이 상대가 강한 것 같으니까 발을 빼려고 하는 모양이야. 이 은성을 물로 봤겠다? 하지만 그렇게 둘 수는 없지."

비서가 회장에게 고개를 숙였다.

"죄송합니다. 해외에 있을 때 작업하면 충분할 것으로 파악했는데 이미 대비가 되어 있었던 모양입니다."

회장은 고개를 끄덕였다. 어차피 자신도 예상 못 한 일이다. 해외에 있을 때 작업에 성공하지 못한 것도 예상 밖이고 돌아오자마자 바로 거하게 기자회견을 한 것도 예상 밖이다. 기획실의 실패야 나중에 책임을 물으면 된다.

"그다음으로 준비한 것들은 이제 소용없겠지?"

"네, 처음 작전이 성공하는 것을 기준으로 세운 것들이라 지금은 의미가 없습니다."

비서의 대답에 회장은 다음 방법을 물었다.

"그래서 지금 대안은 뭐지?"

"기획실에서는 이번 기회에 저희 쪽 인력을 귀환자 조합에 밀어 넣어 정보를 얻고 내부에서 조합을 흔드는 게 좋을 것 같다는 의견입니다. 그리고 귀환자 조합이 더 크기 전에 저희 귀환자 팀을 공개하는 것이 좋을 것 같다고 합니다."

회장은 비서의 말에 눈을 감고 잠시 고민하다 눈을 떴다.

"앞의 내용은 그대로 진행하기로 하지."

회장은 비서를 바라보며 말을 이었다.

"우리 팀을 공개할 시점에 적어도 2레벨 몬스터홀은 자력으로 제거해야지 상황이 반전될 텐데… 지금 우리 팀은 레벨들이 어떻게 되지?"

비서는 들고 있는 터치 패드를 확인하더니 대답했다.

"2레벨 귀환자를 열 명까지 맞추었습니다. 해외 쪽 인력이 여섯 명에 자체 성장 인력이 네 명입니다."

예상보다 적은 인원에 회장은 인상을 썼다.

"그들이 2레벨 몬스터홀을 제거할 확률은 얼마지?"

"30% 정도로 생각됩니다."

회장은 고개를 흔들었다.

"너무 적어. 적어도 50% 이상은 되어야 도박을 할 수 있어."

"50%를 넘으려면 적어도 한 명의 3레벨 귀환자는 있어야 합니다. 귀환자 조합 홈페이지에 따르면 보스 몬스터의 방어력은 2레벨 귀환자가 깨기 힘들다고 합니다."

비서는 말을 이었다.

"…하지만 현재 몬스터홀의 최고 레벨을 알 방법이 없는 한 3레벨 귀환자가 포함된 팀은 3레벨 몬스터홀을 만나 전멸할 확률이 높습니다."

비서의 말을 들은 회장은 잠시 눈을 감고 고민했다. 그리고 잠시 뒤 회장은 비서에게 지시를 내렸다.

"우선 2레벨 엘리트 몬스터를 한 마리 잡아 구슬을 얻어봐. 그리고 귀환자 팀에 사람을 밀어 넣어 몬스터홀의 정보를 얻도록 해봐. 4레벨까지 있으니 적어도 한국의 몬스터홀 최고 레벨들은 어느 정도 알겠지."

이 인원으로 2레벨 엘리트 몬스터를 잡으라는 것은 결코 쉽지 않은 이야기였지만 비서는 고개를 숙일 뿐이다.

"그리고 계속해서 귀환자 조합원들을 외부에서 흔들어봐.

누군가 흔들리는 인간이 나올 거야."

회장은 두 손을 책상에 올리고 눈을 빛냈다.

"예상보다 장기전이 될 것 같아. 하지만 기다리다 보면 틈은 나올 거야."

*　　　*　　　*

성준이 기자회견을 한 그날 오후, 홈페이지에 새로운 페이지가 열렸다.

그곳에는 두 가지의 내용이 적혀 있었다.

하나는 전 세계를 대상으로 한 2레벨 귀환자에 대한 모집 광고였고, 다른 하나는 한국 내의 1레벨 100인 귀환자를 대상으로 한 모집 광고였다.

2레벨 귀환자는 자신의 간단한 프로필과 능력을 메일로 보내면 개별 연락을 보내는 방식으로 정했다. 면접자는 한국까지 오는 비용과 체류 비용, 그리고 본국으로 돌아갈 때까지 영기를 유지시켜 주는 조건이었다.

그리고 한국인을 상대로 한 1레벨 귀환자는 가벼운 서류 심사 후에 면접으로 결정하기로 했다.

홈페이지의 발표 후 또다시 인터넷과 언론은 난리가 났다. 너무나 엉성한 방식이라는 이야기부터 혹시 특수 능력자가 있는 것이 아니냐는 이야기까지 별의별 이야기가 다 나왔다.

능력으로 차별하는 것이 너무한다는 이야기도 있었지만 쓸모없는 능력을 누가 뽑겠느냐는 의견에 바로 묻혀 버렸다.

해외의 귀환자들은 1레벨 귀환자를 한국에서만 뽑는다는 이야기에 특혜가 아니냐고 잠시 소란이 일었지만 영기 부족 이야기가 나오면서 그런 이야기는 바로 사라졌다.

한국으로 간다는 것은 자신들의 나라를 떠나야 한다는 말이기에 다들 영기가 위험했던 것이다. 오히려 한국의 귀환자 조합이 약속한 2레벨 귀환자들의 영기 유지 방식에 비상한 관심이 쏠렸다.

하지만 한국의 귀환자 조합에서는 아무런 대응도 없었고 결국 면접을 보러 온 귀환자들과 함께 던전을 돌아 영기를 채워준다는 내용이 중론이 되었다.

*　　*　　*

그날 오후 늦게 귀환자 조합 회의실에는 성준과 조합원 모두, 그리고 조 실장이 모여 있었다. 이번 기자회견과 홈페이지의 모집 공고에 대해 모두에게 보고하고 의견을 모으기 위한 시간이었다.

먼저 성준이 나서서 모두에게 감사를 표했다.

"모두 이야기에 동의해 주어서 고맙습니다. 어제 말씀드렸다시피 이번 일은 일본과 중국, 그리고 러시아에 발생한 것과 같은 2레벨 이상의 몬스터홀이 늘어날 것에 대비한 인원 보강입니다. 우리 한 팀으로는 여러 군데에서 발생하는 몬스터홀을 방어해 낼 수가 없습니다."

성준은 모두를 돌아보며 말을 이었다.

"현재 초기 레벨이 2레벨 이상인 몬스터홀은 일본과 중국 밖에는 없지만, 수리의 말에 따르면 점점 수가 늘어나는 속도가 빨라지고 러시아의 경우와 같은 3레벨 몬스터홀도 발생한다고 합니다."

성준은 말을 하는 도중 수리를 잠깐 보았다.

"그런 상황에서 국가별로 2레벨 이상의 귀환자 팀을 만든다는 건 미국, 러시아 등의 강대국만 가능한 상황이고, 미국 귀환자 팀이 전멸한 이후로는 보스 존 공략팀이 생기기 더욱 힘들어진 상황입니다."

성준은 숨이 찬지 잠깐 숨을 가다듬고 말을 이었다.

"저희가 세상을 구하겠다는 생각보다는 저희의 일을 줄일 필요가 있어서 추진하는 일입니다. 우리 팀도 이제 3레벨 이상의 팀이 되었으니 저희 팀을 받쳐 줄 2레벨 그룹이 필요한 상황입니다."

성준은 표정이 시무룩해진 헤라와 다희를 보고 말을 이

었다.

"두 사람에게는 회의 끝나고 바로 보스 존에서 얻은 구슬을 주도록 하겠습니다. 걱정하지 마요."

시무룩하던 둘의 얼굴이 환해졌다.

성준의 말을 조 실장이 받았다.

"목표는 일 차로 30명입니다. 2레벨을 최대한 많이 받고 나머지는 1레벨 경험치 100인 귀환자로 채울 생각입니다. 40여 명이 몬스터홀에 들어갈 수 있는 최대 인원입니다. 일단 최대 인원으로 한 팀을 만들고 차츰 인원을 늘려 여러 팀을 만들 생각입니다."

"인원은 어떻게 뽑을 거예요?"

다희가 손을 들어 조 실장에게 물었다.

"조합장님이 면접을 보실 겁니다."

일행 모두는 고개를 끄덕였다. 이곳에 있는 모두는 성준의 특별한 능력을 인정하고 있기 때문에 바로 수긍할 수 있었다.

"면접을 보고 뽑은 인원과 같이 2레벨 몬스터홀을 돌면서 그들의 실력을 올리고 몬스터 구슬을 모을 예정입니다. 이렇게 해서 안정되면 팀을 나누어 새로 생기는 2레벨 몬스터홀들을 유지하는 팀과 그 외의 몬스터홀을 제거하는 팀으로 나눌 겁니다."

"혹시 우리도 나뉘는 것은 아니겠죠?"

미리가 불안한 눈으로 물었다.

"신규 인원이 들어올지 모르지만 본인이 원하지 않는 한 이 팀에서 나가는 사람은 없습니다. 제가 보증하겠습니다."

성준은 모두에게 약속했다.

"정 교관님이 좀 더 고생을 해주셔야 할 것 같습니다. 훈련 받을 인원이 늘어날 것 같습니다."

성준의 말에 정 교관이 고개를 끄덕였다. 조 단장이 성준의 말을 이어 이야기했다.

"이야기할 것이 하나 더 있습니다. 타국 정부들이 자국팀 에 도움을 달라는 이야기가 계속해서 도착하고 있습니다. 아 무래도 저번 수리 씨의 이야기 때문에 국가 단위로 귀환자 팀 을 조직하고 있는 모양인데 예상보다 힘든 모양입니다."

성준은 눈을 감고 고민하다 조 실장에게 말했다.

"아무래도 그들을 완전히 무시할 수도 없으니 각 나라에 가면 그 나라 팀과 한 번씩 같이 움직이기로 합시다. 어차 피 몬스터홀 최대 레벨 지도를 만들려면 전부 들러봐야 해 요."

성준은 앞으로 다른 귀환자들의 레벨이 올라갈 때를 대비 해서 던전의 최대 레벨을 파악할 생각이다. 그리고 숲지기의 예언을 들은 뒤부터는 자신의 감각이 몬스터홀의 최대 레벨 이 중요하다고 외치고 있었다.

일행은 몇 가지 안건을 더 이야기하고 회의를 마쳤다. 성준은 바로 다희와 헤라에게 구슬을 건네주었다. 구슬을 받고 기뻐하던 둘은 성준이 알려준 구슬의 내용에 시무룩해졌다.

여성에게 육체 강화라니!

"저희도 잘 살아왔잖아요. 파이팅!"

미리가 위로인지 놀리는 것인지 모를 말을 했다. 잠시 미리를 째려보던 두 여성은 결국 눈을 감고 구슬을 입안에 넣었다. 그리고 잠시 뒤에 둘은 3레벨이 되었다. 성준은 두 사람의 정보를 확인해 보았다.

―검투사 정보.

―영기 레벨 3.

―영기 성장치 0.

―영기 100.

―관통 레벨 2, 육체 강화 레벨 1.

―영기 능력치 160.

이것이 헤라의 영기분석 정보이고,

―검투사 정보.

―영기 레벨 3.

—영기 성장치 0.

—영기 100.

—폭발 레벨 2, 육체 강화 레벨 1.

—영기 능력치 160.

이것이 다희의 정보이다.

헤라와 다희는 자신의 몸에서 느껴지는 힘에 감탄하다가 다시 바로 우울해졌다. 그 모습을 보고 재식이 몸의 근육을 뽐내며 말했다.

"어서 와. 멋진 힘의 세상으로."

재식은 다희와 헤라의 펀치에 정말로 날아갔다.

한국의 귀환자 조합이 신규 인원에 대해 발표했을 때 선진 국이나 넘버피플이 있는 국가에서는 한두 그룹, 혹은 그 이상 의 2레벨 귀환사 팀이 있었다. 하지만 이들은 국가나 기업에 소속되어 있는 팀들이었고, 그런 귀환자 그룹의 인원은 조합 의 발표에 움직일 수도, 움직일 생각도 없었다.

그들도 나름 살아남는 방법을 찾았기 때문인데, 국가나 기 업의 지원을 받으면서 살아남는 방법을 겨우 찾아낸 그들은 자신의 편한 요람에서 벗어나 새로운 도전을 할 수가 없었다. 또한 이미 조직에 매인 몸이라 따로 움직일 방법도 없었다.

결국 조합에 지원한 2레벨 귀환자들은 첩자나 정보를 얻기 위해 지원한 사람을 제외하면 혼자나 두 명 정도의 소수 인원으로 가까스로 살아남은 사람뿐이었다.

이들은 홈페이지를 보기 전에 2레벨이 되었거나 홈페이지를 보았지만 빈센트와 같은 상황에서 어떡하든지 살아남기위해 구슬을 먹은 사람들이었다. 이들은 체계적으로 보호받지 못해서 하루하루 지옥 같은 마음으로 2레벨 몬스터홀을 방문하고 있었다.

세상에는 귀환자와 수많은 넘버피플이 있었고, 2레벨 귀환자가 되었다가 죽은 수많은 사람과 겨우겨우 살아남은 소수의 귀환자가 있었다. 내일의 희망이 어두운 이들에게 한국은 새로운 희망이 되었다.

귀환자 조합 건물은 대대적인 개축을 시작했다. 일행이 지내고 있는 오피스텔과 조합 사무실이 있는 층을 제외한 나머지 층을 새로 단장하는 공사였다.

자금은 러시아 몬스터홀을 제거하고 받은 금액 일부를 사용해서 진행했다. 실내 장식과 내부 구조만 변경하는 공사라많은 자금을 투입해서 빨리 진행하기로 했다.

거기다 성준이 면접에 참여해서 조종사와 승무원까지 뽑았다. 몬스터홀의 여파로 확실히 경기가 안 좋아졌는지 훌륭한 조종사와 승무원을 뽑을 수 있었다. 그들은 많은 연봉과많지 않은 비행 일정표에 만족해했다. 성준은 바로 비행기를 김포 비즈니스 터미널로 옮겼다.

그때 마침 성준의 부모님도 이사하게 되었다. 부모님은 살던 지역을 벗어나기 싫었는지, 같은 지역인 하남에 작은 단독주택을 샀다. 성준은 이사한 기념으로 오랜만에 가족을 만나러 가기로 했다.

"조합장님, 어디 가세요?"

성준과 수리가 일과를 마치고 사무실을 나가려고 할 때 마침 화장실을 다녀오던 혜라와 마주쳤다.

"집이 이사해서 가보려고. 그동안 너무 안 간 것 같아서… 시간 날 때 가봐야지."

성준의 말에 혜라의 눈이 획획 움직였다. 혜라는 성준을 본 후에 수리를 바라보곤 바로 휴게실로 뛰어들어 소리쳤다.

"하은아! 조합장님 집이 이사해서 집들이하신대! 빨리 움직여라!"

성준은 혜라의 외침에 이마를 붙잡았고, 수리는 미소를 지었다. 가디언으로 오랜 세월을 지낸 그녀는 항상 이런 인간적인 분위기가 좋았다.

휴게실에서 우당탕 하는 소리가 들리고, 하은이 입구로 나왔다. 하은의 입가에는 먹고 있던 케이크가 잔뜩 묻어 있었다. 수리는 안내 데스크 옆에 있는 휴지로 하은의 입을 닦아주었고, 하은이 얼굴을 빨갛게 물들이면서 말했다.

"집들이하신다면서요? 지금 출발하나요?"

성준이 난감해하고 있을 때 마침 서류를 들고 움직이던 보람이 이들을 발견하고 다가왔다.

"무슨 일로 다들 나와 있어요?"

수리가 보람에게 사정을 이야기해 주었다. 보람은 눈을 반짝이면서 성준을 바라보았다. 성준은 한숨을 쉬고 모두에게 말했다.

"갑시다. 우리 집이 이사했습니다. 집들이할 테니 모두 같이 갑시다."

성준은 결국 여성 세 명을 대동하고 지하로 내려갔다.

그 모습을 문틈으로 지켜보고 있던 혜라는 보람이 끼어든 모습에 아쉬운 표정을 지었다.


성준과 여성들은 성준의 차를 타고 하남으로 향했다. 그들은 중간에 잠시 내려 집들이 선물을 사서 새집으로 향했다.

성준 가족의 새집은 하남 신도시의 주택 단지 안에 있는 작은 단독주택이었다. 아기자기한 집의 모습에 성준은 만족했다.

성준은 새집 주변을 구경하면서 즐거운 마음으로 집으로 들어갔다.

하지만 그날 저녁 성준 가족의 이슈는 새로운 집이 아니었다. 세 여성은 성준 어머니의 질문 공세에 시달리게 되었고,

성준의 여동생은 시시때때로 성준의 종아리를 발로 걷어찼다.

마지막으로 성준의 아버지는 조용히 세 여성을 바라보다 성준을 보고 흡족한 미소를 지으셨다.

즐거운 분위기 속에서 저녁 식사를 마친 세 여성은 어머니의 만류로 2층의 손님방에서 잠을 자게 되었고, 성준은 안방에 끌려와서 부모님의 질문에 시달리게 되었다.

"그래서 상황은 알겠는데, 저 중에 누구냐?"

성준의 어머니는 앞뒤 자르고 물어보셨다. 그녀의 질문에 성준의 아버지와 여동생도 성준을 뚫어지게 바라보았다.

성준은 갑작스러운 질문에 조금 고민하는 표정을 짓다가 피식 웃었다.

"글쎄요."

"너 그럼 못써. 네가 카사노바도 아니고, 그럼 안 돼. 여자 마음에 못 박는 짓이야."

성준은 고개를 흔들었다. 그는 자신의 팔이 치료되는 것을 보면서 평범한 삶은 포기했다.

감각을 활성화하고 자신을 보면 자신이 이제 인간인지도 확신하지 못하는데 부모님의 말씀에 대답하기가 곤란했다.

"나중에, 나중에 세상이 조금이나마 평안해지면 생각해 볼게요."

"그래도 그중에 맘에 있는 애가 있는 모양이구먼. 아예 부정하지 않는 걸 보니."

성준을 노려보던 어머니는 그렇게 말하며 성준을 놓아주었고, 아버지는 한마디 말로 성준을 배웅했다.

"너무 어렵게 세상 살지 마라. 어차피 후회할 일이 많은 세상, 마음 가는 대로 움직이고 후회하는 편이 좋아."

성준은 아버지의 말을 새겨 들으며 부모님께 인사를 드렸다.

\*          \*          \*

그렇게 부산스러운 집들이가 끝나고, 다음 날 성준과 여성들은 조합 사무실로 돌아왔다. 성준의 여동생은 차를 얻어 탈수가 없어 투덜거렸다.

조합 사무실에 도착하자 조합원들은 성준 집에서의 일이 궁금했던 모양인지 성준에게 몰려들었는데, 성준의 별일 없었다는 이야기에 모두 아쉬운 표정을 지었다.

조합은 조 실장이 온 뒤로 상당히 체계적인 모습으로 변했다.

상당히 빠른 속도로 일을 파악하고 처리해 나가는 조 실장의 모습에 성준은 과연 자신이 사람을 잘 뽑았다고 스스로를 칭찬했다.

조합의 이메일에 2레벨 귀환자들의 이력서, 혹은 자기소개서가 속속 들어오고 있다.

　이미 한국의 1레벨 귀환자들의 이력서는 가득했다. 아마 한국에 있던 모든 귀환자, 그리고 정부 발표 후 새롭게 몬스터홀 공략에 뛰어든 사람들까지 이력서를 낸 모양이다.


　"사람들은 어떤 기준으로 면접 볼 생각인가요?"

　보람이 성준에게 물었다. 조 실장도 궁금한지 성준을 바라보았다. 수리는 미리 이야기를 들었는지 조용히 미소 지으며 앉아 있었다.

　일행이 있는 이곳은 조합의 회의실이다. 전체 회의를 하기 전에 미리 모여서 업무 이야기를 하며 사람들을 기다리는 중이었다.

　"뭐 인성이나 거짓말을 하고 있는지, 전투 지원자들은 어떤 전투 능력이 있나 확인할 예정입니다. 그리고……."

　성준은 잠시 말을 끊었다. 보람과 조 실장은 이어질 말을 기다렸다.

　"최대한 고유 능력자를 찾을 생각이에요. 퀸차이의 예를 봐도 우리 세상의 고유 능력자의 능력은 다른 능력하고는 다른 것 같아요. 하은이와 빈센트를 봐도 그렇고요. 아마도 세상에는 그런 고유 능력자들이 더 있을 거예요. 최대한 찾아서 모아봐야죠."

보람과 조 실장은 고개를 끄덕였다.

"그리고 1레벨 성장치 100인 귀환자들은 구슬을 체계적으로 지급해서 전문팀을 만들어볼 생각이에요. 저희가 살아나가기 급급해서 너무 주먹구구식으로 성장을 한 점이 있어요. 미국 귀환자들을 보고 우리도 저런 팀을 만들어보자 생각했죠."

성준은 눈앞에 놓인 물을 한 모금 마시고 말을 이었다.

"우리 기존의 귀환자 조합 인원에 체계적으로 성장한 귀환자들이 더해지면 상당한 시너지 효과가 날 것으로 생각해요. 이제 최대한 안전하게 움직일 방법을 찾아봐야죠."

성준의 말이 끝나자 조 실장과 보람은 생각에 잠겼다. 그리고 잠시 뒤 일행이 회의실로 들어왔다.

성준이 모두 모인 일행을 보고 이야기했다.

"모두 어수선한 가운데 고생했습니다. 이제 저희 귀환자 팀도 새로운 인원을 받아들이게 되었습니다. 그 가운데 힘들고 어려운 일이 있더라도 우리는 이겨낼 것으로 생각합니다."

일행은 모두 고개를 끄덕였다. 다행히도 여기 있는 모두는 서로 간에 강한 신뢰가 있었다. 앞으로도 그 신뢰를 유지하는 데는 모두의 노력과 성준 자신의 노력이 필요했다.

"어쨌거나 다시 몬스터홀로 들어가야 하는 시간이 다가왔습니다."

성준은 일행을 돌아보다 여고생들에게 시선을 멈추었다. 이제 그들의 능력은 충분히 강했다.

"이번 몬스터홀은 저번에 그냥 돌아온 대구 몬스터홀로 정하겠습니다. 이번에는 기필코 보스까지 격파하도록 하죠."

성준의 말에 일행 모두는 굳은 얼굴로 고개를 끄덕였고, 여고생들은 감격한 얼굴로 울먹거렸다.


다음 날, 한국 귀환자 조합은 가장 보온이 잘되고 활동성이 좋은 복장을 착용한 후 대구로 출발했다. 모든 준비사항을 점검한 일행은 곧바로 대구 몬스터홀에 진입했다.

일행은 던전에서 추위와 싸우며 2레벨 엘리트 몬스터 둘과 여러 마리의 1레벨 엘리트 몬스터를 격파하고 수많은 일반 몬스터들을 제거했다.

그들은 그대로 보스 존에 들어가 서로 협력하여 보스를 제거하는 데 성공했고, 일행은 여고생들의 기쁨의 눈물을 보며 귀환했다.

그렇게 귀환자 조합은 2레벨 몬스터홀 정도는 사상자 없이 충분히 제거할 수 있다는 것을 전 세계에 다시 한 번 보여 주었고, 마음속으로 갈등하던 나머지 귀환자들의 마음을 다시 돌려놓게 되었다.

이로써 한국에서 네 개의 2레벨 몬스터홀이 제거되었고, 다행히 그 뒤로 새로 생긴 몬스터홀이 없어서 여섯 곳만이 남게 되었다. 성준의 활약 덕분에 한국이 전 세계에서 몬스터홀이 초기보다 줄어든 유일한 국가가 된 것이다.

*　　　*　　　*

이곳의 하늘은 온통 검은색 문양으로 가득 차 있었다. 들판에는 거대한 몬스터들이 움직이고 있고, 멀리 파괴된 첨단의 도시가 보인다.

도시는 먼 옛날에 파괴되었는지 이제는 흉물스러운 뼈대만 남아 있다. 이곳이 일반적인 별이라면 파괴된 도시는 자연으로 뒤덮여야 하지만 이 별은 몬스터홀에 의해 파괴되었다.

도시 위로 괴물이 날아가고 있다.

괴물의 형태는 검은 영기에 휩싸여 정확하게 알 수는 없지만 3m 정도의 크기에 인간형으로 보였다. 하지만 그 괴물에게서 풍겨 나오는 기운은 사방을 질식시킬 듯 살벌했다.

"너무 안일했나? 하지만 동족의 영기를 뺏는 능력이라니 말도 안 되잖아. 이 사실을 알면 본성이 뒤집어지겠군."

괴물이 지구인들이 알 수 없는 언어로 중얼거렸다.

"아무래도 본성으로의 연결은 막힌 것 같고, 탈출한 다른 녀석들이 모두 먹히기 전에 방법을 찾아야 할 텐데……."

이 괴물은 몬스터홀을 만든 주인들, 가디언의 주인이자 보스 몬스터의 원형이었다. 수리가 분노하는 바로 그 괴물 중 하나였다.

이곳은 그들이 옛날에 점령한 별로 이미 오래전에 그들의 식민지가 된 상황이었는데 얼마 전 근처의 별에서 새로운 먹 잇감이 발견되어 모두 바쁜 시간을 보내는 중이었다.

그러던 어느 날 고유 능력 정제를 담당하던 자가 신기한 고 유 능력을 발견했다며 몇 명 안 되는 별의 모든 인원을 소집 했고, 그렇게 모인 인원들은 그곳에서 그자에게 모두 당한 것 이다.

원래부터 강한 그였지만, 한 녕이 먹힐 때마다 급격히 강해 지는 그의 모습에 제일 먼저 달아난 것이다.

괴물이 날아가는 뒤쪽으로는 계속해서 검은 영기가 흐르 고 있었다. 괴물도 상당한 양의 영기를 뺏긴 채로 상처까지 입은 상태였다.

"아무래도 본체로 별에 내려가야겠다. 그곳까지 쫓아오진 않겠지. 그곳에서 영기도 회복하고 다른 고유 능력도 찾아야 겠어. 그런 특이한 고유 능력이 있으면 다른 쓸 만한 능력도 있겠지."

괴물은 지구로 직접 내려갈 생각을 하면서 자신의 둥지를 향해 빠르게 날아갔다. 괴물이 지나가자 주위의 거대한 몬스터들은 모두 모습을 숨기기에 급급했다.

*　　　*　　　*

흰색의 방 안에 한 남성이 양팔이 묶인 채로 책상 앞에 앉아 있다. 그리고 그의 양옆에는 건장한 남자 두 명이 검은 양복을 입고 서 있다.

그의 앞에 있는 책상 위에는 마이크가 하나 있고, 그가 바라보는 벽에는 커다란 거울이 있다.

그리고 거울 뒤에는 어두운 다른 방이 있었다. 이곳에는 정부 요원으로 보이는 사람과 성준, 조 실장이 앉아 있었다.

이곳은 국가정보원의 한 심문실이었다. 양팔이 묶인 채 그들의 앞에 잡혀 있는 사람은 성준과 일행이 러시아에 갔을 때 일행의 가족을 향해 작전을 펼치던 사람 중 한 명이다.

겨우 한 명을 붙잡을 수 있었는데 성준은 조 실장의 인맥과 더불어 피해자라는 이유로 심문 장소에 참여할 수 있었다.

물론 정부에서의 성준의 발언권이 그만큼 강해져서 가능한 일이었다.

책상 앞에 앉아 있는 그는 사방으로 눈을 굴리고 있었는데 매우 불안해하는 모습이다.

성준은 붙잡힌 사람의 인적사항이 적힌 종이를 들어 올렸다. 거기에는 이름과 주변 사항이 적혀 있었는데 특별한 내용은 없었다. 평범한 흥신소 사람이었는데 상당히 유능한 모양인지 그 방면에서 꽤나 유명했다.

성준과 같이 있던 국정원의 정보요원이 성준을 향해 말했다.

"보고 계셔도 되지만 별 의미는 없습니다. 계속해서 묵비권을 행사하고 있습니다. 지금은 강압적인 방법을 사용할 수 없어서 더는 어떻게 할 방법이 없습니다."

뒤에서 조 실장이 요원의 말을 보충했다.

"반대파들이 아직 본부에 많이 있는 모양입니다. 다들 심문 시에 불법이 있는지 눈을 부릅뜨고 지켜보고 있는 모양입니다."

성준이 요원에게 말했다.

"그런 건 상관없습니다. 그저 제가 적어드리는 대로 말해주시기 바랍니다."

요원은 고개를 갸웃거리더니 앞에 있는 마이크의 스위치를 올렸다. 그리고 국정원 요원이 마이크에 대고 묻기 시작했다.

"김정훈 씨는 한국인에게서 이 일을 받았습니까?"

거울 앞에 앉아 있는 김정훈은 조용히 입을 다물고 있다. 성준은 고개를 끄덕이고는 종이에 몇 자 적어 요원에게 주었다.

요원은 성준을 한번 바라보고는 다시 마이크에 대고 종이에 적힌 내용을 읽었다.

"김정훈 씨는 정부 관계자에게 이 일을 받았습니까?"

그는 여전히 말이 없었다.

그에게 다시 성준에게 쪽지를 받은 요원이 물었다.

"김정훈 씨는 기업에서 이 일을 받았습니까?"

그는 불편한지 몸이 좌우로 움직였다. 계속해서 그에게 질문이 나갔다.

"김정훈 씨는 대기업에서 이 일을 받았습니까?"

"김정훈 씨는 10대 기업에서 이 일을 받았습니까?"

"김정훈 씨는……."

계속해서 질문은 이어졌고, 거울 앞에 있는 김정훈은 이내 눈을 부릅뜨더니 온몸에서 식은땀을 흘렸다.

그리고 성준에게서 마지막 쪽지가 나갔다.

"김정훈 씨는 은성그룹 비서실장에게서 최초 지시가 내려왔다고 생각합니까?"

김정훈은 이제 몸을 덜덜 떨고 있었다. 결국 그가 소리쳤다.

"난 아무 말도 안 했어! 대답 안 했다고!"

김정훈의 옆에 있던 요원들, 그리고 거울 반대편에 있는 모든 사람들이 성준을 바라보았다.

"감사합니다. 큰 도움이 되었습니다."

성준은 자신을 쳐다보는 사람들에게 인사를 하고 밖으로 나갔다. 그 모습을 보고 있던 조 실장이 정신을 차리고 다른 요원들에게 인사하더니 성준을 쫓아 나왔다.

"놀랐습니다. 과연… 그런 식의 능력인가 보군요. 이러니 내가 한 번도 이길 수가 없었지."

조 실장은 성준을 따라오며 고개를 끄덕였다.

성준은 힘을 내보이기로 한 이후 거침없이 움직이기 시작했다. 이제 힘 싸움이었다. 괜히 감추어서 약점을 보일 필요가 없었다.

"하지만 이것으로는 증거가 될 수 없습니다. 다른 증거나 증인을 찾기도 힘들 텐데요?"

성준은 조 실장의 말에 고개를 흔들었다.

"제가 원한 것은 적이 누군지 아는 것이었습니다. 적을 알아야 방어를 하거나 공격을 할 수 있죠."

성준의 말에 조 실장이 고개를 끄덕였다.

"그렇죠. 은성그룹이 튀어나올 줄은 생각도 못 했습니다.

아무리 그쪽 세력의 핵심을 찾아도 나오지 않더니 예상치 못한 곳에 있었군요."

성준은 조 실장에게 지시를 내렸다.

"우리도 좀 더 상황을 알아보죠. 은성에 대한 정보를 얻어야겠습니다."

조 실장은 성준의 말에 고개를 숙였다.

"바로 알아보겠습니다. 저도 인맥으로는 지지 않습니다."

*　　　*　　　*

몬스터홀 사태 이후로 인천 공항은 검문검색이 강화되고 여행자들이 엄청나게 줄어서 공항 내부는 한가한 것을 넘어 음침하기까지 한 분위기가 흐르고 있었다.

그런 공항에 일련의 사람들이 검문소를 통과해서 입국 터미널에 들어서고 있었다.

사람들은 가지각색의 모습을 하고 있었는데, 한 백인은 정장 차림에 깔끔한 모습으로 들어섰고, 아름다운 여성과 남자들이 같이 들어오기도 했다. 어떤 사람은 거지꼴로 들어서서 사방을 노려보기도 했고 음침한 인상의 사람이 보이기도 했다.

하지만 이 모든 사람에겐 한 가지 공통점이 있었는데, 모두에게서 뭔가를 두려워하는 느낌이 들었다. 그들 중 몇몇은 서로 아는 사이인지 살짝 인사를 주고받는 모습도 보였다.

그들 모두는 앞쪽에 피켓을 들고 있는 사람에게 다가갔다. 피켓에는 이렇게 쓰여 있었다.

—유럽에서 오신 2레벨 귀환자들을 환영합니다. 한국 귀환자 조합.

하지만 주위의 일반인들은 그 글의 내용을 알 수가 없었다. 수리 세계의 문자로 적혀 있었기 때문이다.

열 명 정도의 사람이 피켓 앞으로 다가갔다. 피켓을 들고 있던 조합 직원이 인원을 확인하더니 말했다.

"인원이 다 안 오셨군요. 잠시만 기다려 주시기 바랍니다."

그리고 잠시 뒤 일행의 뒤쪽으로 한 명의 백발노인이 등장했다. 60대로 보이는 백인으로 털털한 차림새에 안경을 쓴 모습이 마치 교수님처럼 보였다.

그는 피켓을 보고 천천히 걸어왔다.

"미안하네. 귀환자가 되어도 기초 체력 자체가 워낙 부실해서 조금 늦었네."

조합 직원은 괜찮다는 말과 함께 일행을 버스 정류장으로 안내했다. 그곳에는 크지 않은 승합차 몇 대가 일행을 기다리고 있었다.

일행을 안내하던 직원이 잠시 손을 귀로 가져갔다.

"3번 손님 1번 차량, 4, 8번 손님 4번 차량."

직원은 통신기에서 들리는 소리를 확인한 후 일행을 각각의 차로 안내했다. 노인을 제일 앞 차에 태우고 맨 뒤에는 정장 차림의 두 남자, 다른 차에는 남은 사람들을 태웠다.

따로 안내를 받은 사람들은 고개를 갸우뚱했지만 정중하게 부탁하는 모습에 별다른 말은 나오지 않았다.

공항 터미널 이층에서 그 모습을 지켜보던 성준은 무전기를 밑으로 내렸다. 유럽 쪽은 그래도 상당히 쓸 만한 인원이 많이 보였다. 특히 마지막에 나타난 노인은 성준이 생각하지도 못한 고유 능력자였다.

그런 성준의 옆으로 수리가 양손에 커피를 들고 다가왔다. 수리가 지나갈 때마다 사람들의 시선이 수리를 향해 움직이는 것이 마치 도미노처럼 보였다.

"이번에는 어땠어요?"

수리가 성준에게 커피를 건네며 물었다. 이 둘은 오늘 하루 종일 공항에서 귀환자들의 입국을 지켜보고 있었다. 그동안 서류 심사 후 50명 정도의 인원을 뽑아 비행기 표와 초청장을 보냈는데 그 인원이 입국하는 날이다.

각국의 정부와 협상해 비자 없이 입국이 가능하도록 하고 최대한 같은 날에 입국하도록 조정했다.

그리고 성준은 조합 직원에게 사람들을 안내하게 하고 자신은 이곳에서 지시를 내리고 있는 것이다.

"중국 쪽보다는 좋아. 그래도 여기는 스파이가 두 명밖에 안 돼. 고유 능력자도 한 명 있고. 그것도 대단한 능력자가."

성준은 4레벨이 되자 귀환자들에 대해 집중하면 전에 마리아를 파악하던 것처럼 대충의 소속을 알 수가 있었다.

몬스터의 감정 상태를 파악하는 것처럼 영기분석으로 귀환자들의 성향 등을 알 수 있는 것인데, 거기에다가 감각을 활성화해서 얻은 정보로 대충의 소속까지 알 수가 있었다.

"다행이네요. 중국 귀환자들 왔을 때는 화가 많이 났었잖아요."

"당연하지. 두 명을 제외하고 다 스파이라니, 아직도 황당하네."

수리는 성준의 투덜거림을 들으며 시계를 들여다보았다. 이제 점심 먹을 때가 되었다.

"식사할 시간이에요."

성준도 시계를 확인하곤 고개를 끄덕였다. 이제 반 정도 인원이 들어왔다. 나머지 인원은 오후에 확인하면 된다. 중국 때문에 잠시 놀랐지만 다른 나라는 그나마 정상적으로 입국하고 있었다.

성준은 이곳에서 인원을 분리해 스파이들은 가까운 호텔로 이동시켰고, 다른 인원은 모두 귀환자 조합 건물로 보냈다.

스파이들은 모두 대충 면접을 보고 자신들의 나라로 돌려보낼 예정이다. 돌아가서 뒷말이 나오지 않도록 도중에 마비침으로 잠재운 뒤 영기회복석으로 영기도 회복시켜 줄 생각이다.

분석을 끝마친 성준은 수리와 함께 식사를 하기 위해 식당으로 내려갔다.


다음 날, 바르첼 베르거 교수는 자신이 있는 회의실을 둘러보았다. 이곳은 귀환자 조합 건물에 있는 평범한 회의실이었다. 회의실 안에서 베르거 교수는 그동안 자신에게 벌어진 황당한 사건에 대해 생각하며 한숨을 내쉬었다.

그는 스위스 입자 물리학 연구소의 연구 책임자였다. 스위스의 제네바에 몬스터홀이 발생하였을 때 때마침 그는 몬스터홀 바로 옆을 지나가고 있었다.

그 때문에 그는 몬스터홀에 들어갔다가 나오게 되었고, 그 뒤로는 다른 이들의 도움을 받아 겨우겨우 살아가고 있었다. 전투 능력이 전혀 없는 자신은 계속해서 동료들에게 피해를 주고 있었다.

그리고 얼마 전 몬스터홀에서 결국 엘리트 몬스터와의 전투 때, 귀환 지점에서 동료 모두가 죽고 자신만이 남게 되었다.

어이없게도 그 당시 엘리트 몬스터도 죽어버려서 자신이

구슬을 가지게 된 것이다.

하지만 그동안 같이 다니던 동료가 모두 죽어 더는 살아갈 방법이 없던 그는 이왕 죽을 것, 2레벨 던전이나 구경하자는 심정으로 2레벨 구슬을 먹어버렸다.

그리고 2레벨에 오른 그는 던전에 들어가기 위해 정보를 찾던 도중 한국 귀환자 홈페이지에서 귀환자들을 모집한다는 공고에 메일을 보낸 것이다.

본인 생각으로는 절대 뽑히지 않으리라고 생각했는데 갑자기 비행기 표가 날아와 한국에 오게 되었다.

그가 생각에 잠겨있던 사이 회의실 문이 열리고 성준과 조 실장이 들어왔다. 성준은 베르거 교수와 악수를 했다.

"한국 귀환자 조합의 조합장 최성준입니다."

"바르첼 베르거입니다."

베르거 교수는 예상보다 젊고 잘생긴 성준의 모습에 놀랐다. 그리고 패기 있는 성준의 모습에 더욱 긴장했다.

성준은 베르거 교수를 보고 말했다.

"합격하셨습니다. 필요하신 것을 말해주시기 바랍니다. 무엇이든 최대한 지원해 드리겠습니다."

성준의 말에 베르거 교수는 어이가 없어 성준을 멍하니 바라보았고, 조 실장은 골치가 아파 이마를 감싸 쥐었다.

그리고 조 실장은 베르거 교수에게 제반 사항에 관해 이야기하기 시작했다.

성준은 다시 한 번 영기분석으로 베르거 교수의 정보를 확인했다.

　*―검투사 정보.*
　*―영기 레벨 2.*
　*―영기 성장치 0.*
　*―영기 40.*
　*―영기 주술진 분석 레벨 1, 벽 밟기 레벨 1.*
　*―영기 능력치 130.*

성준은 자신의 능력보다 더 중요할지도 모르는 능력을 발견했다고 생각했다.

제2장
의지 Ⅰ

하늘은 맑았고 공원엔 새들이 날아다니고 있다. 이곳은 얼마 전까지만 해도 많은 사람들이 운동을 하고 휴식을 즐기던 뉴욕의 허파인 센트럴파크이다.

전 세계적으로 몬스터홀이 발생한 바로 그날, 이곳 뉴욕에도 센트럴파크에 몬스터홀이 발생했다. 그리고 그 이후 이곳 센트럴파크는 접근 금지 구역이 되었다. 다른 나라에서는 몬스터홀 유지 시 안전하다는 이유로 접근을 허용하기도 했지만, 미국 정부는 확실하게 공원 전부를 봉쇄했다.

그리고 몬스터홀 유지팀 외에도 많은 귀환자가 이곳을 다녀갔다. 하지만 아직 미국은 LA 한 곳을 제외하고는 몬스터홀을 제거할 수 없었다. 그저 LA의 몬스터홀을 제거한 미국 팀이 일본에서 전멸당해 아직 팀을 복원하지 못했다는 소문만 나돌고 있었다.

멀리 빌딩들이 보였고 앞쪽으로 큰 호수를 배경으로 넓은 잔디밭 가운데 거대한 구멍이 뚫려 있다. 사방으로 바리케이드가 쳐져 있고 그 옆에서 주 방위군이 삼엄하게 경계를 펴고 있다.

이곳은 고즈넉한 도심 속에서 자연과 구멍, 그리고 군 병력이 모여 이상한 조화를 이루고 있었다.


쿠쿠쿠쿠쿠!

조용하던 호수의 물이 출렁거리고 바닥에서 진동이 울리기 시작했다.

경계를 서던 군인들이 놀라 사방을 둘러보다 이내 모두의 눈이 몬스터홀로 향했다.

"아직 외부 던전화 시간은 충분히 남아 있는데?"

몬스터홀 옆에서 상사와 이야기를 나누던 소령이 바로 옆에 정차하고 있는 지휘 차량으로 뛰어들었다.

지휘 차량 내부의 정보 패널들에 온통 빨간 불이 번쩍이고 있었다.

"몬스터홀 내부 홀로그램이 갑자기 전환되고 있습니다!"

"몬스터홀 내부 온도 급상승!"

"새로 생성되는 홀로그램이 외부 던전화 문양입니다!"

소령이 뛰어들자 사방에서 그에게 보고했다. 중앙 몬스터홀 바닥을 촬영하고 있는 화면에는 새로운 문양이 나타나고 있었다.

소령은 모두에게 소리쳤다.

"모두 철수! 퇴각 작전을 개시한다! 상황을 전파해라!"

소령은 바로 직통 전화를 들었다.

"여기는 뉴욕 마크 6 몬스터홀입니다. 현재 시각 10시 20분, 몬스터홀의 홀로그램이 외부 던전화 형태로 바뀌었습니다. 현장 판단으로 외부 던전화 상황으로 판단, 철수를 명했습니다."

소령이 전화하는 동안 지휘 차량이 흔들거렸다. 차가 움직이기 시작한 것이다. 동시에 도시 전체에 사이렌이 울려 퍼지기 시작했다. 소령은 전화를 끊고 뒤를 돌아봤다.

"아무래도 정상이 아니야. 시간도 안 맞고 외부 던전화 때 이런 진동이 발생한다는 정보도 없었는데."

흔들리는 차 안에서 뒤쪽의 창으로 점점 멀어지는 몬스터홀을 바라보면서 소령이 중얼거렸다.

몬스터홀 주변에 세워진 험비들이 군인들을 싣고 몬스터

홀에서 멀어지려 미친 듯이 달리고 있다. 조금만 늦어도 바로 외부 던전화에 휘말리기 때문이다.

잠시 뒤 진동이 멈추었다. 그리고 온 숲의 새가 하늘을 날아올랐다.

콰콰콰콰콰!

몬스터홀에서 검은색 연기가 하늘을 향해 뿜겨져 나오기 시작했다. 연기는 옆으로 퍼지지 않고 하늘을 향해 수직으로 뿜겨져 올라갔다.

그리고 일정 높이가 되자 연기가 정지했다.

"현재 최고 높이 1㎞입니다! 2레벨 외부 던전화보다도 훨씬 높습니다!"

"제길! 그럼 3레벨 이상인 건가?"

지휘 차량 안에서 소령은 몬스터홀에서 뿜겨져 나오는 연기를 보고 으르렁거렸다.

"홀로그램 예상 이동 속도로 보아 빠져나갈 수 없습니다!"

"차량 정지! 가까운 건물 안에 진지를 구축한다! 외부 연락 도구를 챙겨 이동한다!"

지휘 차량과 지휘 차량을 따라오던 험비들이 급하게 멈추고, 모든 군인은 차량에서 내려 가까운 건물을 향해 달렸다. 일행의 손에는 총과 쇠뇌가 같이 들려 있었다.

"실제 상황입니다! 모두 건물 안으로 대피해 주시기 바랍니다! 외부에 있으면 생명이 위험합니다! 당장 대피해 주시기 바랍니다!"

사이렌 소리와 함께 맨해튼 전체에 비상 방송을 하기 시작했다.

지상 1㎞ 위에 정지한 연기가 옆으로 퍼져 나가기 시작했다. 얇은 막처럼 생긴 연기는 끝도 없이 퍼져 나갔다.

사이렌 소리에 놀란 뉴욕 시민들은 머리 위로 퍼져 나가는 검은 연기의 막을 보고 있었다.

이 막이 어디에서 멈추느냐에 따라 자신의 운명이 결정될지도 몰랐다.

검은 연기의 막은 점점 퍼져 나가다가 결국 멈추었다. 연기는 이상한 문양이 새겨진 반투명한 원반으로 변했다.

그렇게 뉴욕시 하늘에 지름 7㎞의 원형 문양이 생성되었다. 그 이이없는 크기에 뉴욕 시민 모두는 넋을 잃고 하늘을 올려다보았다.

원형 문양은 맨해튼 전부를 다 집어삼키고 그 주변까지도 포함한 영역이다.

그리고 하늘에서 지상으로 검은색 장막이 내려왔다.


맨해튼 전체가 검은 장막에 둘러싸인 후 센트럴파크의 몬스터홀 주변에서 검은 영기가 뭉쳐지더니 몬스터들이 등장하기 시작했다.

몬스터들은 작은 몬스터부터 사람보다 큰 몬스터, 건물의 3층 높이만 한 몬스터까지 다양했다.

그렇게 몬스터들이 주위로 퍼져 나가자 진정 거대한 몬스터들이 등장했다. 거의 5층 건물보다 더 커 보이는 몬스터들이 한 마리씩 나타났다.

쿠르르르르!

거대 몬스터까지 모두 공원에 나타나자 공원이 심하게 흔들리기 시작했다. 그리고 몬스터홀의 몇 미터 위쪽 허공에 금이 가더니 공간의 틈이 벌어지기 시작했다.

이어 그 벌어진 틈에서 검은 연기가 쏟아져 나왔는데 그 연기는 그전에 본 어떤 연기보다 끈적거리는 느낌이 강했다. 연기가 다 쏟아져 나오자 벌어졌던 틈이 닫혔다.

밖으로 쏟아져 나온 연기는 공중에 뭉쳐 있다 그 자리에서 회전하기 시작하더니 점점 인간의 모습으로 변하기 시작했다.

그리고 잠시 뒤 몬스터홀의 조금 위쪽, 허공에 벌거벗은 한 명의 인간처럼 보이는 생명체가 나타났다. 하지만 생김새만 인간으로 보일 뿐, 키가 3m 정도에 전신이 검은색으로 번들거리고, 머리에 긴 뿔까지 달린 생명체를 인간이라 부를 수는 없을 것이다.

공중에 떠 있던 괴물이 주위를 둘러보더니 고개를 끄덕였다.

"이상 없이 도착한 모양이군."

허공에 떠 있는 괴물의 허리에서 검은 연기가 조금씩 빠져나오고 있었다. 괴물은 자신의 허리를 보고 인상을 찡그렸다.

"예상보다 피해가 큰 모양이군. 전력의 반도 안 되겠어. 우선 체력을 회복하고 움직여 봐야겠군."

괴물은 손을 하늘로 향했다. 그러자 하늘에 떠 있는 문양의 형태가 바뀌기 시작했다.

사람들은 알 수 없었지만 문양의 형태가 바뀌며, 하늘에 떠 있는 문양은 몬스터홀과의 연결이 끊어지고 괴물과 연결되어 버렸다.

괴물은 멀리 서쪽을 바라보며 말했다.

"자, 슬슬 움직여 볼까?"

사방으로 마구 흩어지던 몬스터들은 괴물이 등장하자 누군가의 명령을 받는 것처럼 체계적으로 움직이기 시작했다.

그렇게 사방으로 흩어져 있던 몬스터들이 사람들을 공격하기 시작했다.

몬스터의 공격을 받아 그 자리에서 잡아먹히거나 죽은 사람들은 검은 연기로 변해 하늘로 흡수되었다.

백악관 지하에 있는 상황실에 미국 대통령과 비서실장, 몇 명의 장군들이 모여 있다.

이들은 백악관에서 몬스터홀에 대해 회의 중이었는데 갑자기 뉴욕에서 비상이 떨어져 급하게 이곳으로 내려온 것이다.

정부의 장관들은 연락을 받고 이곳으로 날아오는 중일 것이다.

이곳은 일종의 화상 회의실이었는데, 전방 여러 개의 화면에는 각각 뉴욕의 상황과 현재 주 방위군 사령관의 얼굴이 보이고 있다.

"30분 전에 뉴욕 몬스터홀 경비팀에서 비상이 떨어졌습니다. 바로 뉴욕시 전체에 상황을 전파하고 모든 주 방위군에 비상을 선포했습니다."

사령관의 얼굴은 매우 침통했다.

"전혀 예상하지 못한 상황이었습니다. 경비팀은 연락을 전달한 지 2분 만에 근처 빌딩으로 피한다는 이야기를 마지막으로 연락이 끊어졌고, 맨해튼 상공에 지름 7km짜리 홀로그램이 펼쳐졌습니다."

이곳에 모인 모든 사람들의 입에서 신음이 터져 나왔다. 지름이 너무나 큰 까닭이다.

"너무나 빠른 속도로 퍼져서 현재 빠져나온 사람은 없는 것으로 파악됩니다. 맨해튼 근방은 모두 홀로그램 영역 안에 포함되었습니다."

전방에 있는 화면 하나가 뉴욕시를 비추기 시작했다. 급하게 출동한 고공 정찰기가 뉴욕시를 촬영하기 시작한 것이다.

맨해튼은 지옥이었다. 수많은 몬스터가 사람들을 학살하고 있었다.

거대한 몬스터들은 건물을 파괴하고, 파괴되는 건물을 피해 달아나는 사람들은 작은 몬스터들이 쫓아가서 죽이고 있었다.

"이게 무슨……. 몬스터들이 이렇게 움직인 적은 없지 않은가!"

대통령의 비명 섞인 말은 이곳에 있는 모든 사람의 심정을 표현하고 있었다.

그동안 외부 던전의 몬스터들은 주로 큰 길을 어슬렁거리면서 거치적거리는 건물만 파괴하고 작은 몬스터들만 건물로 들어갔다. 이런 식으로 힘을 합쳐 사람들을 공격한 적이 없었다.

"이런 식으로 공격당하면 제한 시간 전에 수많은 사람이 죽겠습니다."

비서실장이 걱정스럽게 말했다.

"제한 시간 안에 던전을 막는 게 문제가 아니야. 당장 막지 않으면 모두 죽게 생겼어."

대통령이 주 방위군 사령관을 보고 말했다.

"당장 모든 수단을 써서 저 몬스터들을 공격하시오."

"알겠습니다."

사령관은 바로 대통령에게 경례하고 화면 밖으로 나갔다.

"지금 정부 소속의 2레벨 귀환자들은 어디 있나?"

"지금 그들은 워싱턴에 있습니다. 다행히 다른 몬스터홀에 진입하지 않고 있습니다."

비서실장이 대통령의 질문에 대답했다.

"바로 뉴욕으로 출발시키게. 던전을 없애지 못한다면 몬스터만이라도 제거해야 해."

"알겠습니다."

대통령은 화면을 노려보면서 말했다.

"한국 귀환자 팀을 불러들여야겠지?"

장군 한 명이 대통령의 의견에 반대했다.

"시간 안에 안 될 것 같습니다. 아무리 빨리 와도 시간을 맞추지 못합니다."

비서실장이 반대의 의견을 제시했다.

"그래도 부르는 편이 좋을 것 같습니다. 전혀 예상하지 못한 외부 던전입니다. 무슨 일이 일어날지 모릅니다."

그때 화면에서 놀란 목소리가 들리더니 사령관이 화면에 나타났다. 사령관의 얼굴은 하얗게 질려 있었다.

"방금 외부 던전 상공의 홀로그램을 감시하던 부서에서 연락이 왔습니다. 홀로그램이 움직이고 있다고 합니다."

상황실은 충격에 빠졌다.

"다행히 속도는 빠르지 않지만 서쪽으로 움직이고 있습니다."

"그럼 안에 있는 사람들은?!"

대통령은 비명 섞인 소리를 질렀다.

"같은 속도로 이동하지 않으면 모두 죽습니다."

"몬스터홀을 확인해 봐! 뭐가 어떻게 된 것인지!"

대통령의 지시는 장군에 의해 바로 정찰기로 전해졌고, 카메라가 몬스터홀을 비추기 시작했다. 점점 확대되는 화면에 몬스터홀을 떠나 걷고 있는 한 명의 거대한 인영이 보였다.

인간형처럼 생겼으나 커다란 키에 검은색의 뿔이 달린 괴물은 천천히 걷고 있었다.

그는 카메라가 자신을 가리키자 카메라를 향해 한 손을 들어 올렸다.

치지지지~

화면은 바로 꺼지고 잡음만 들려왔다. 대통령의 옆에서 전화로 지시를 내리던 장군은 수화기를 내리고 대통령에게 말했다.

"격추되었습니다."

대통령이 굳은 목소리로 모두에게 말했다.

"전시 상황입니다. 모든 수단을 씁니다."

대통령은 마지막으로 꺼진 화면을 뚫어져라 바라보며 말했다.

"당장 한국의 귀환자 팀에 구원을 요청하세요."

\* \* \*

미국에서 외부 던전이 발생하기 전날, 성준은 베르거 교수, 수리와 함께 안양의 몬스터홀에 내려와 있었다.

"이게 바로 영기를 회복시켜 주는 구슬이군요."

베르거 교수는 작은 구슬 하나를 눈앞에 들어 올리더니 신기하다는 듯 바라보았다. 베르거 교수와 성준, 수리는 안양 몬스터홀 옆에 서서 이야기를 나누고 있었다.

성준은 베르거 교수와 면담을 마치고 곧바로 베르거 교수의 고유 능력을 확인하기 위해 이곳 안양 몬스터홀로 내려온 것이다.

그리고 교수에게 영기회복석을 주고 몬스터홀의 바닥 문

양을 분석하게 할 참이다.

베르거 교수는 잠시 구슬을 바라보다가 그것을 삼킨 후 몬스터홀 바닥의 문양을 손으로 가리켰다. 성준의 감각에 베르거 교수의 손에서 나온 영기와 몬스터홀 바닥의 문양이 연결되는 것이 느껴졌다.

베르거 교수는 잠시 눈을 감고 있다가 고개를 갸웃거리더니 들고 있는 손을 내리고 눈을 떴다. 교수가 성준을 향해 말했다.

"확실히 문양의 구조는 알 수 있을 것 같네. 하지만 이것만 가지고는 의미가 없거나 엄청나게 오랜 시간이 걸릴 것 같네만."

교수는 성준에게 계속해서 설명했다.

"이건 마치 원시인이 21세기 부품들을 앞에다 놓고 '이것과 이건 다른 것이야'라고 하는 것과 같아. 각자 하는 일을 모르면 쓸모가 없어. 적어도 각 문양이 뜻하는 내용을 알아야 일을 진행할 수 있을 것이야. 지금은 글의 규칙조차 모르고 고대 언어를 푸는 꼴일세."

머리를 절레절레 흔드는 교수에게 성준이 말했다.

"이 문양의 뜻은 이렇습니다."


―소환진.

—레벨 1. 현재 상태.

—레벨 2. 닫혀 있음.

—레벨 3. 닫혀 있음.

—지구인을 소환해서 레벨 1의 던전에 진입시킴.


"더 많은 내용이 있을 수도 있지만, 이 정도 내용이면 진행은 가능합니까?"

교수는 놀라서 성준을 바라보았다.

"저도 교수님과 비슷한 능력을 지니고 있을 뿐입니다. 어디 가서 이야기하지는 말아주십시오."

성준의 말에 교수는 고개를 끄덕였다.

"만약 다른 몬스터홀 문양의 정보도 알 수 있으면 소환진의 문양 구성을 파악할 수도 있을 거네."

"그럼 혹시 문양의 구성을 바꾸어서 몬스터홀을 망가뜨린다든가 할 수도 있지 않을까요?"

성준은 기대에 차서 교수에게 물어보았다. 교수는 고개를 좌우로 흔들었다.

"그렇게 쉽게 되지는 않을 걸세. 내가 갖춘 능력이라고는 분석이 전부네. 내용은 알 수 있지만 바꾸는 방법은 모르네."

"그래도 전보다는 한 걸음 나아간 거군요. 이런 식으로 나아가면 언젠가는 문양을 제어할 수도 있겠지요."

교수의 부정적인 이야기에도 성준은 희망적인 생각을 가졌다. 여기까지 온 것도 기적에 가까운 일이다. 앞으로 또 다른 기적이 일어날지 알 수 없는 일이었다.

성준은 그런 생각을 하며 사무실로 돌아왔다. 그리고 그날 밤은 편안히 잠이 들었다.

하지만 성준이 잠든 지 얼마 되지도 않아 성준의 전화벨이 울렸다.

성준은 잠이 덜 깬 목소리로 전화를 받았다.

"…여보세요?"

─조 실장입니다. 미국에서 외부 던전이 발생했습니다. 미국에서 지원 요청이 들어왔습니다.

성준은 조 실장의 말에 정신이 번쩍 들었다. 성준은 시간을 확인했다. 새벽 1시다. 그는 고개를 갸웃거렸다.

"미국까지는 너무 멀어서 저희가 가기에는 시간이 안 맞을 텐데요?"

─기존의 외부 던전과 다른 것 같습니다. 외부 던전이 될 때가 아닌데 외부 던전이 되었고, 거기다 외부 던전 지역이 움직이고 있다고 합니다.

성준의 표정이 굳어졌다.

"바로 내려가겠습니다."

성준은 수리와 함께 회의실로 내려갔다. 회의실에는 보람과 조 실장이 성준을 기다리고 있었다. 그들은 아직도 일하고 있었는지 복장을 갖추고 있었다.

"어떻게 된 일이랍니까?"

조 실장은 자신이 들은 이야기를 성준에게 해주었다.

"시간에 안 맞게 외부 던전이 발생했고, 외부 던전 문양은 서쪽으로 움직이기 시작했다. 그 원인은 중앙에서 움직이고 있는 인간형 몬스터인 것 같다는 말인가요?"

성준의 말에 조 실장은 자신의 터치패드를 책상 위에 올려 놓고 성준을 보여주었다. 그 화면에 정찰기에서 마지막으로 찍은 몬스터의 모습이 보였다.

"크윽."

성준의 옆에서 신음이 들려왔다. 수리가 이를 악물고 있다. 잠시 뒤 신음을 삼킨 수리가 모두에게 이야기했다.

"몬스터홀을 만들어 우리 별과 지구를 침략해 온 괴물입니다. 보스 몬스터의 본체입니다. 지금의 모습은 그 괴물들이 육체를 활성화하면 보이는 모습입니다."

수리의 말에 회의실은 침묵에 휩싸였다.

"그럼 이놈이 원흉 중 하나란 말이야?"

성준의 말에 수리는 고개를 끄덕였다.

성준은 인상을 썼다. 2레벨 보스 몬스터의 정보로는 본체가 5레벨이었다. 적어도 지금 등장한 놈은 5레벨 이상이라는 이야기였다.

"나쁜 소식이 더 있습니다. 몬스터들이 명령을 받고 있는지 체계적으로 움직이며 사람들을 학살하고 있답니다. 그리고 외부 던전이 움직이고 있어 숨어만 있던 사람들이 밖으로 밀려나와 죽음을 맞이하고 있다고 합니다."

성준은 눈을 감고 이야기를 정리했다.

"외부 던전을 움직이고 모든 몬스터를 조종하는 최하 5레벨 이상의 보스 몬스터의 본체라는 거죠."

성준은 수리를 돌아보았다. 수리는 성준을 바라보며 무언가를 말하려고 하다 주먹을 꽉 쥐었다. 그리고 고개를 흔들었다.

"저희로는 역부족이에요."

말을 하는 수리의 목소리에는 슬픔이 담겨 있었다.

성준은 조 실장과 보람을 돌아보았다.

"저도 마찬가지 생각입니다. 엄청난 불행이지만 자살을 할 수는 없습니다. 무엇인가 대책을 세우거나 변화가 있을 때까지 저희 귀환자 조합은 움직이지 않겠습니다."

모두 성준의 말에 동의했다. 회의실의 분위기가 침울해졌다. 성준은 이 결정을 모두와 공유하기 위해 모든 조합원을 모아 회의를 하기로 했다.

조 실장과 보람이 사람들을 부르기 위해 회의실 밖으로 나가고 성준과 수리만 회의실에 남아 있었다. 성준은 계속해서 생각에 잠겨 있는 모습이다. 수리는 조용히 성준의 생각이 끝나기를 기다렸다.

잠시 뒤 성준은 생각을 정리했는지 눈을 떴다.

"역시 나 혼자 가야겠어. 전투는 불가능해도 영기분석으로 얻은 정보 정도는 필요하지 않겠어? 이대로 가만히 있으면 잠도 편히 못 잘 것 같아."

"그럼 저랑 둘이 가는 거네요?"

수리가 성준에게 말했다. 성준은 수리를 돌아보고 피식 웃었다.

잠시 뒤 회의실에 모두가 모였다. 아직 안 잔 사람도 있고 자다가 나온 사람도 있었다. 일행이 모두 모이자 성준은 미국에서 발생한 일을 이야기해 주었다. 사람들은 자다가 나와 이야기를 듣고 깜짝 놀랐다.

"우리 귀환자 조합은 우선 미국에 가지 않습니다."

성준은 잠시 말을 멈추고 사람들을 둘러보았다. 모두 이해는 하지만 어두운 표정이다.

"우선 제가 선발대 겸 미국으로 가겠습니다. 여러분도 아시다시피 제 능력으로 미국이 필요로 하는 정보를 알려줄 수 있습니다. 만약 모든 인원이 미국에 가면 반드시 전투에 참여하겠지만, 저 혼자 가면 그럴 확률이 줄어듭니다."

성준의 말에 일행은 웅성거리기 시작했다. 성준의 말 자체는 틀린 말이 아니다. 하지만 일행은 성준이 걱정되었다.

성준은 이야기를 계속했다.

"우리 조합원들과 면접을 볼 예정인 귀환자 분들은 제가 미국을 다녀올 때까지 조합에서 기다립니다. 모두 영기회복석을 사용해 주시기 바랍니다. 제가 가서 가능성을 타진한 후 여러분께 보고드리겠습니다."

성준은 조 실장에게 부탁했다.

"면접 예정자들에게는 조 실장이 이야기해 주시기 바랍니다."

조 실장은 성준의 이야기에 고개를 끄덕였다.

성준의 이야기가 끝나자 성준에 대한 걱정에 여러 가지 이야기가 나왔다. 하지만 성준은 고개를 흔들었다.

"내가 같이 가면 안 되겠나?"

뒤쪽에 빈센트와 같이 앉아 있던 베르거 교수가 손을 들어 올렸다. 베르거 교수는 성준이 미리 뽑아버린 바람에 이 자리에 참석했다.

일행이 교수를 향해 고개를 돌렸다.

"내 능력이 도움이 될 것 같아서 하는 이야기일세."

성준은 곰곰이 생각해 보았다. 어차피 전투를 피할 거면 교수의 고유 능력은 상당히 도움이 되는 능력이다. 성준은 교수의 말을 받아들였다.

보람과 하은도 가겠다고 우겼지만 보람은 조합의 일로, 하은은 치료 능력자로서 마지막 보루라는 이유로 모두 성준에게 거절당했다.

보람과 하은은 결국 수리에게 성준을 부탁할 수밖에 없었다.

성준은 조 실장을 통해 미국에 연락했다. 전투는 참여할 수 없고 몇 명만 방문해서 조언을 하겠다는 조건이었다. 미국 정부는 안타까워했지만 대안이 없었으므로 성준의 말에 동의했다.

"조합을 부탁하겠습니다. 만약 저에게 무슨 일이 일어나면 정 교관을 중심으로 움직여 주시기 바랍니다. 그리고 혹시 상황을 봐서 도전해 볼 만하면 연락을 드리겠습니다. 그때는 아예 그곳에서 현장 시험까지 보죠."

성준은 조 실장과 정 교관에게 뒤를 부탁했다.

성준은 배웅을 나온 사람들에게 인사를 하고 수리와 베르거 교수와 함께 서울 공항을 향해서 밤거리를 달렸다. 공항에 도착한 성준과 일행은 곧바로 미국에서 준비한 C−17 수송기를 타고 미국으로 향했다.

*　　　*　　　*

백악관 지하의 상황실에는 사람들로 가득했다. 각 부서의 장들이 모두 이곳에 모인 것이다. 밖에서는 각종 전화로 난리였지만 이곳은 오히려 조용했다.

"한국에서 연락이 왔습니다."

조용히 전면의 화면을 보고 있는 대통령에게 비서실장이 이야기했다. 대통령은 계속 이야기하라는 듯이 머리를 끄덕였다.

"전투는 참여할 수 없다고 합니다. 대신 조합장 외 두 명 정도가 미국을 방문해 몬스터와 홀로그램의 정보를 확인해서 조언해 주겠다고 합니다. 아마 자신들만의 비법이 있나 봅니다."

"성의는 보인다는 것인가?"

비서실장의 밀에 조금 이해가 안 간 내동령은 혼삿말로 중얼거렸다.

"네, 한국 귀환자 팀으로는 그 정도가 한계일 겁니다. 저희 조차도 귀환자들을 투입하지 못하고 있습니다."

대통령 옆에 있던 장군이 대통령의 말에 대답했다. 장군의 시선도 정면에 있는 화면을 향해 있었다.

이곳에 있는 사람들은 정면의 화면을 보고 있었는데 모두 얼굴이 어두웠다.

화면에는 탱크들이 멀리서 날아온 빛에 맞아 격파되고 있었다. 다른 화면에는 던전의 영역 밖에서 기관총을 쏘아붙이고 있던 헬기가 추락하는 장면이 보인다. 그리고 그 옆으로 하늘을 날아 몬스터가 지나갔다.

옆에서 잠시 전화를 받던 다른 장군이 전화를 끊고 대통령에게 말했다.

"주 방위군의 40%가 소멸했다고 합니다. 더는 작전을 수행하는 것이 불가능한 상태랍니다. 철수를 요청했습니다."

대통령은 고개를 끄덕였다. 그리고 잠시 뒤 화면에 보이던 탱크와 헬기 등이 뒤로 물러서기 시작했다.

대통령은 눈을 감고 손으로 눈을 비볐다. 대통령은 외부 던전 밖으로 나와 헬기를 공격한 비행 몬스터가 이해가 되지 않았다.

"어떻게 몬스터가 외부 던전 밖으로 나올 수 있지요? 여태그런 적이 없잖습니까?"

비서실장이 대답했다.

"귀환자와 같다고 보면 될 것 같습니다. 그동안 본능에 따라 밖으로 나가는 것을 피했는데 명령 체계가 갖추어지니 영기가 떨어질 때까지 밖에서 움직이다가 다시 외부 던전 안으로 들어가는 모양입니다."

"맙소사, 그동안 우리가 생각하고 있던 내용은 그럼 모두

적이 봐주고 있었다는 말 아닙니까?"

대통령의 말에 장군들은 모두 꿀 먹은 벙어리가 되었다.

"아무래도 한국의 귀환자 팀의 조언이 정말로 필요할지도 모르겠습니다."

비서실장의 말에 대통령은 한숨을 내쉬고 다시 자세를 바로 했다.

"우선 외부 던전 밖의 모든 뉴욕 시민을 소개하도록 합시다."

대통령은 앞에 보이는 화면을 노려보았다.

"이제 외부 던전이 사라지기까지 네 시간 남았습니다. 이것도 다르게 바뀐다면 우리는 최악의 상황을 맞이해야 합니다. 외부 던전이 사라지거나 안에 있는 주민이 모두 넘버피플이 되면 사람들을 최대한 많이 밖으로 빼내야 합니다."

대통령의 말에 참모총장이 대답했다.

"최선을 다하고 있습니다. 시간에 맞추어 모든 부대가 움직일 것입니다."

대통령이 모두에게 이야기했다.

"모두 기도합시다. 제발 외부 던전이 시간이 되면 사라져 주기를."


그렇게 시간이 흐르고 마침내 예정 시간이 되었지만 외부

던전은 사라지지 않았다. 그리고 그 안의 몬스터와 사람들도
아무 변화가 없었다.

그 참담한 현실에 미국 정부의 관계자들은 모두 넋을 잃고
말았다. 외부 던전은 시간당 1㎞의 아주 느린 속도로 움직이
고 있었다. 하지만 일곱 시간이 지난 지금 외부 던전은 맨해
튼을 거의 벗어나고 있었다.

미국 정부는 눈물을 머금고 모든 작전을 취소했다. 이제 곧
날이 어두워진다. 한밤중의 작전은 모든 시민을 위험에 빠뜨
리는 결과를 낳을 수 있었다.

그동안 맨해튼 주민은 죽음의 행진을 하고 있었다. 건물 안
이 그나마 거리보다 안전한 상황이었지만 건물 안에 그대로
있으면 죽음이 다가온다.

사람들은 죽음을 각오하고 거리를 달렸다. 그렇게 수많은
사람들이 몬스터에게 죽임을 당했다.

시간이 지나 결국 밤이 찾아왔다. 외부 던전도 밤이 되자
그 자리에 멈추었다.

사람들은 건물 안에서 숨을 죽이고 있었다. 잠시 뒤 몬스터
들도 모두 조용히 멈추었다.

그리고 그렇게 다시 시간이 흘렀다.


모두가 긴장 속에 잠들지 못하고 있던 한밤의 하늘에서 비

행기 소리가 들려왔다. 멀리서 수송기 한 대가 뉴욕을 향해
날아오고 있었다.

흔들리는 수송기의 화물칸에서 잠시 생각에 잠겨 있던 성
준은 몸을 흔드는 손길에 정신을 차렸다.

성준의 눈앞에 비행기 승무원이 보였다. 수리도 몸을 일으
켜 세우고 있었다.

"좀 있으면 뉴욕 상공을 지나갑니다."

수송기는 공중 급유를 받아가며 최대한의 속력으로 뉴욕까
지 날아왔다. 13시간 만에 이곳 뉴욕 상공에 도착한 것이다.

성준은 자리에서 일어나 몸을 풀었다. 밖을 내다보니 아직
깜깜한 밤이었다. 시차로 인해 밤에 출발해서 밤에 도착한 것
이다.

성준은 옆에 앉아 있는 베르거 교수를 향해 소리쳤다. 수송
기 안이 너무나 시끄러운 탓이다.

"준비되셨나요?!"

교수는 고개를 끄덕였다. 그 모습을 본 승무원은 교수를 안
전 장비로 이중으로 묶은 후 비행기에 단단하게 연결했다.

하지만 성준과 수리는 특별한 장비를 하지 않고 옆에 있는
안전대를 잡고 서 있었다. 잠시 뒤 승무원의 사인에 성준이
고개를 끄덕이자 수송기의 화물칸이 열리기 시작했다. 밤공
기가 수송기 안으로 밀려들어 왔다.

화물칸이 완전히 열리자 화물칸 밖으로 빛이 거의 없는 어두운 뉴욕의 모습과 그 위로 뉴욕 위를 덮고 있는 문양이 눈앞에 펼쳐졌다.

어두운 밤이었지만 성준과 귀환자들의 눈에는 문양이 또렷이 보였다.

수송기는 문양과 나란한 높이로 원형의 문양 옆을 날고 있었다. 성준의 요청으로 베르거 교수가 문양을 파악하기 위해 승무원에게 부탁한 것이다.

성준은 영기분석으로 문양을 확인했다.


*—영기 투영진 3레벨.*

*—진의 아래쪽으로 영기 지역을 선포한다.*

*—영기를 모아 마스터의 체력을 회복시킨다.*

*—영기를 모아 1레벨, 2레벨, 3레벨 몬스터를 생성한다.*

*—예비 진입자를 진입자로 전환 중. 99%에서 진행 중지.*

*—약점: 강제 연결로 연결이 약함.*


성준은 고개를 끄덕였다. 역시 약점이 있었다. 성준은 바로 교수에게 자신이 본 내용을 소리쳤다. 교수는 영기회복석을 하나 먹고 손을 앞으로 내밀어 옆으로 흐르는 문양에 자신의 영기를 연결했다.

교수는 잠시 눈을 감고 있다가 영기를 회수하고 눈을 떴다. 그리고 성준에게 소리쳤다.

"자네가 조금 전에 말한 대로야! 구성 자체가 헐거워져 있어! 모든 문양이 원래대로 돌아가려 하는데 아래쪽에서 강제로 막고 있어! 아마 단 한 번만이라도 연결이 끊어지면 원래 자리로 돌아가면서 진입자 전환도 100%가 될 거야!"

성준은 고개를 끄덕였다. 결국 저 괴물에게 그만큼의 충격을 줘야 한다는 말이었다.

성준은 미국 정부에 이 사실을 알리기 위해 승무원에게 소리치려 했다.

쾅!

그때 수송기 전체가 격하게 흔들렸다.

성준은 급하게 화물칸 밖을 내다보았다. 수송기 옆을 지나가는 비행 몬스터의 모습이 보였다.

"이게 무슨? 여기 외부 던전 밖이잖아!"

미국 정부에 이 이야기를 듣지 못한 성준은 어이없다는 표정을 지었다. 성준은 급하게 승무원에게 방금 교수가 한 말을 미국 정부에 전하라고 말하고 맨몸으로 화물칸에서 뛰어내렸다.

성준의 뒤에서는 눈을 휘둥그렇게 뜬 승무원과 베르거 교수가 그를 지켜보고 있었다.

성준은 비행기 밖으로 나오자 주위를 둘러보았다. 전에 본 익룡처럼 생긴 비행 몬스터 두 마리가 보였다. 날아가는 수송기를 향해 지나가면서 발톱을 휘두르는데 그 때마다 수송기의 동체가 푹 파였다. 화물칸을 열기 위해 속도를 늦추는 바람에 따라잡힌 모양이다.

성준은 허공을 박차 몬스터를 향해 쏘아졌다. 허공에서의 순간 가속은 이제 성준을 따라갈 생명체가 없을 것 같았다.

몬스터는 자신을 향해 쏜살같이 날아오는 성준을 보고 비명을 질러 다른 몬스터를 불렀지만, 그 녀석은 다른 몬스터가 반응하기도 전에 성준의 검에 반으로 잘려 나갔다.

성준은 반으로 갈라진 몬스터를 발로 박차며 동료의 비명을 듣고 자신에게 날아오는 몬스터를 향해 점프했다. 성준과 몬스터는 허공에서 교차했고, 몬스터는 목과 몸통이 분리되어 아래로 떨어지다 연기가 되어 사라졌다.

성준은 구슬을 하나 입속에 넣고 다시 허공을 박차 올랐다. 문양의 안쪽으로 들어갈 생각이었다.

잠시 뒤 성준은 문양과 바깥의 경계를 통과해서 아래로 낙하하기 시작했다.

\*　　　\*　　　\*

수송기는 화물칸을 닫고 빠른 속도로 뉴욕 상공을 벗어나고 있었다. 화물칸에는 베르거 교수와 수리가 조용히 앉아 있다.

　베르거 교수는 궁금한 것이 많은지 입을 씰룩거리고 있었다. 교수는 조합에 들어온 지 얼마 안 되서 모르는 내용이 많은 상태였다.

　"먼저 가 계세요. 주인님하고 제가 보스 몬스터를 조사하고 그곳으로 가겠습니다."

　베르거 교수는 드디어 폭발했다.

　"나도 좀 압시다! 조합장은 왜 낙하산도 없이 뛰어내렸는지, 당신은 왜 여기 남아 있는지, 그리고 조합장한테 왜 주인님이라고 부르는지!"

　수리는 교수에게 미소를 지었다.

　"다녀와서 알려드릴게요."

　수리는 교수의 앞에서 연기가 되어 사라졌다. 잠시 뒤 본부에 연락을 마친 승무원이 교수에게 다가왔다.

　"본부에서 방금 한 이야기에 대해 다시 한 번 자세히 이야기를 부탁한답니다. 어? 방금까지 있던 여성분은 어디 있죠?"

　베르거 교수는 승무원에게 소리쳤다.

　"몰라! 하나도 모르겠어!"

                    *          *          *


　성준은 6층짜리 벽돌 건물 옥상에서 밤바람을 맞으며 서
있었다. 그는 눈을 가늘게 뜨고 앞을 바라보고 있다. 앞쪽 어
딘가에 그 괴물이 있을 것이다.

　성준의 뒤에는 조금 전에 검은 연기에서 나온 수리가 서 있
다.

　성준이 앞을 보며 말했다.

　"어떻게 하는 것이 좋을까? 이대로 기다리다가 아침을 맞
이하는 것이 좋을까, 아니면 이대로 가보는 것이 좋을까?"

　"아마도 지금이 더 좋지 않을까요? 몬스터들도 다들 쉬고
있는 분위기인데……."

　"그렇지?"

　성준이 수리의 말에 미소를 짓자 수리는 성준에게 다가가
성준의 허리에 팔을 감았다. 성준은 그런 수리의 허리를 한쪽
팔로 감고 공중으로 뛰어올랐다.

　성준은 간간이 발견되는 몬스터를 감각으로 피해 다니면
서 외부 던전의 중심을 향해 건물들을 건너뛰었다.

　성준이 영기분석으로 파악하기에 대부분의 몬스터는 강제
로 잠들어 있었다. 그렇다는 이야기는 중앙의 괴물의 명령 하
나로 모든 몬스터들이 움직일 수도 있다는 이야기였다.

성준과 수리는 더욱 조심하면서 외부 던전의 중심을 향해
나아갔다.

그들은 곧 마을 주차장에 조용히 서 있는 괴물의 모습을
볼 수가 있었다. 괴물은 빈 주차장 한가운데 서서 조용히 눈
을 감고 있었다. 거대한 몸체에서 검은색의 윤기가 흐르는
모습은 정말 괴기스러웠다. 성준의 감각은 위쪽의 문양에서
끊임없이 영기가 괴물에게 주입되고 있다고 말해주고 있었
다.

성준과 수리는 멀리 주차창이 보이는 3층짜리 건물의 옥상
난간에 숨었다. 성준은 크게 심호흡을 하고 영기분석을 할 준
비를 했다.

"바로 도망갈 거야. 전에 보니까 레벨이 높은 보스는 영기
분석을 알아차리더라고."

수리는 성준의 말에 고개를 끄덕였다.

성준은 괴물을 향해 영기분석을 사용했다.


―보티스.

―5등급.

―XXX 던전 관리 실무자.

―약점: 부상으로 등급이 1단계 내려감.

―침잠.

—*XXXXX XXXX*.

—*영기… 삐삑*.


"젠장! 능력을 보지 못했어."

성준은 눈에 실핏줄이 터졌는지 눈이 빨갛게 충혈되고 입에서 한줄기 피를 흘렸다. 하지만 성준은 바로 수리를 안고 반대편을 향해 달리기 시작했다.

그 순간 눈을 감고 있던 괴물이 눈을 떴고, 성준이 있던 건물을 바라보더니 이내 손을 들어 건물을 가리켰다.

쾅!

조용한 밤중에 강한 폭발음이 울려 퍼졌다. 성준과 수리가 있던 3층 건물 윗부분이 터져 나갔다. 단지 괴물이 손을 들어 올렸는데 건물이 터져 나간 것이었다.

괴물은 잠시 건물을 바라보다 고개를 옆으로 기울였다.

"놓쳤나?"

괴물은 잠시 고민하는 듯하더니 다른 손을 하늘을 향해 들어 올렸다.

"크앙!"

"캬캬캭!"

사방에서 몬스터들 소리가 들리기 시작했다.

"잡아와."

괴물의 명령에 몬스터들이 움직이기 시작했다.

괴물의 뒤쪽으로 거대한 몸체의 몬스터들이 성준과 수리가 사라진 방향으로 움직이기 시작했다. 검은 하늘에서는 수많은 비행 몬스터들이 성준과 수리를 향하여 날아가기 시작했다.

성준과 수리는 그야말로 필사의 도주를 하고 있었다. 사방에서 몬스터들이 그들을 향해 덤벼들고 있었다. 성준의 주변에는 수리가 띄워놓은 검이 사방에서 덤벼드는 몬스터들을 베고 있었다.

성준은 자신의 능력을 최대한 발휘해서 몬스터들이 없는 공간을 파고들어 건물 위를 달려가고 있었다. 하늘을 까맣게 덮고 있는 비행 몬스터들로 인해 공중으로 도주할 수가 없었다.

건물 속에 숨어 있던 사람들은 한밤중 몬스터들의 난동에 그저 이 상황이 빨리 지나가기를 바라며 떨고 있었다.

그렇게 한참을 달리던 성준은 앞쪽을 가득 메운 몬스터의 무리 때문에 달리던 것을 멈추었다. 이제 얼마 남지 않았는데 이곳에서 막힌 것이다.

성준의 앞 지상에는 1레벨, 2레벨의 일반 몬스터, 엘리트 몬스터들이 모여 있었고, 하늘로는 비행 몬스터가 가득했다.

성준의 뒤쪽으로도 거대한 몬스터들이 성준을 향해 다가

오고 있었다.

"이제 어떻게 하죠?"

성준에 품에 안긴 수리도 이 상황은 어떻게 해야 할지 난감한 표정이다.

성준은 수리를 보고 피식 웃었다.

"어떻게 하긴, 도움을 받으면 되지."

슈우웅! 펑!

성준의 앞에 있는 몬스터들이 터져 나가기 시작했다. 멀리서 전차 포격음이 들려왔다. 그리고 하늘에 떠 있던 비행 몬스터들은 전투 헬기에서 쏘아대는 벌컨에 맞아 추락하기 시작했다.

성준은 이미 감각을 통해 멀리서 공격을 준비하고 있는 헬기와 전차를 파악하고 있었다.

기회를 노리던 성준은 자신이 기다리고 있던 공격이 시작되자 곧바로 수리를 안고 몬스터들 사이로 뛰어들었다.

몬스터들은 갑자기 터져 나온 뒤에서의 공격에 혼란스러워하다가 결국 성준을 놓쳐 버리고 말았다.

분노한 몬스터들은 자신들을 공격한 공격 헬기와 탱크를 찾았지만, 그들은 단 한 차례만 공격하고 미친 듯이 반대편으로 도망치고 있었다.

잠시 뒤 한참을 어수선하게 움직이던 몬스터들은 다시 제

자리를 향해 움직이기 시작했다.

*　　　*　　　*

뉴욕 남부에 세워진 뉴욕 주 방위군 지휘본부, 그곳 사단 지휘 차량 안에 성준과 수리와 베르거 교수, 그리고 주 방위군 사령관이 모여 있었다.

그들 앞의 모니터에서는 미국 대통령의 모습이 보인다.

"저희가 파악한 바로는 현재 중심부에 있는 악마 몬스터가 문양을 제어해서 외부 던전에 갇힌 사람들을 귀환자로 전환하지 못하게 하고 있습니다."

미국 정부는 성준과 수리에 의해 괴물의 정체를 알게 되자 바로 괴물의 명칭을 악마—사탄—로 정했다.

성준도 미국 정부의 의견에 동의해서 괴물의 명칭은 그렇게 악마가 되었다.

"만약 악마 몬스터에게 강력한 공격 등으로 큰 피해를 주면 문양이 원래의 몬스터홀로 돌아가고 외부 던전에 갇혀 있는 모든 시민은 넘버피플로 바뀌면서 던전을 빠져나올 수 있을 겁니다."

성준의 말이 끝나자 옆에 있는 주 방위군 사령관이 대통령에게 말했다.

"원거리 저격은 모두 실패했습니다. 전차포와 각종 벌컨으로 공격해 보았지만 악마 몬스터 주위로 이상한 막이 생기면서 모두 막아냈습니다. 그리고 공격을 한 전차와 헬기는 모두 악마 몬스터에게 의해 파괴당했습니다."

사령관의 말이 끝나자 성준이 자기 생각을 이야기했다.

"아마도 능력일 겁니다. 원거리 공격을 자동으로 막아주는 능력을 갖추고 있을 겁니다."

성준은 대답하면서도 괴물의 능력을 파악하지 못한 것 때문에 무척 아쉬웠다.

대통령은 화면에서 성준을 바라보고 물었다.

"그럼 미스터 최가 추천하는 방법은 무엇이죠?"

"각종 공격으로 몬스터들의 시선을 돌리고 소수의 귀환자 팀으로 악마 몬스터 본체를 타격해야 한다고 생각합니다. 여태까지의 상황으로 보면 직접적인 타격은 귀환자들만이 가능했습니다."

"우리 귀환자 팀은 3레벨 이상이 없습니다. 2레벨 귀환자들로도 효과가 있을까요?"

성준은 대통령의 말에 고개를 흔들었다. 이미 성준은 3레벨 엘리트 이상의 몬스터들을 경험해 보았다. 적어도 3레벨 이상의 귀환자들이 필요했다.

대통령이 성준을 지그시 바라보며 말했다.

"귀국의 귀환자 팀을 불러주십시오. 그 어떤 요구 조건도 받아들이겠습니다. 부디 사람들을 구해주시기 바랍니다."

성준은 대통령의 말에 고개를 끄덕였다. 성준은 악마 몬스터가 4레벨 정도일 것이라는 정보 분석 내용을 보고 귀환자 조합 사람들을 부를 생각이었다. 어차피 악마 몬스터를 처치할 것도 아니고 최대한 타격을 가하고 도망가면 되니 수많은 사람을 구하는 일을 피할 필요는 없었다.

성준은 모두에게 양해를 구하고 바로 한국에 전화했다. 지금 시각은 새벽 4시. 아직 한국은 오후였다.

─조합장님, 어떻게 되었습니까?

신호가 가자 바로 조 실장이 전화를 받았다.

"싸워볼 만한 상대입니다. 모두 장비를 갖추고 출발해 주십시오. 면접 예정자들에게도 모두 알려서 이곳으로 오게 해 주십시오. 거절하는 사람들은 지빈 스파이들처럼 잠들게 해서 영기회복석을 먹인 후 고국으로 돌려보내면 될 겁니다. 이곳에서 시험을 치르도록 하겠습니다."

─알겠습니다. 바로 출발하겠습니다.

조 실장은 다른 이야기는 묻지 않고 바로 전화를 끊었다.

성준은 조합 사람들이 모두 성준의 말을 잘 따라주어서 고마운 마음이 들었다.

성준은 전화를 끊고 다시 자신을 기다리고 있는 대통령에게 말했다.

"바로 출발할 겁니다. 하지만 문제는 저희 팀이 올 때까지입니다. 그전까지 외부 던전이 움직이면 얼마나 사람들이 살아남을지 모르겠습니다. 어떻게 하든지 악마 몬스터가 더는 움직이지 못하게 하든가, 몬스터들이 사람들을 죽이지 못하게 해야 합니다."

성준의 말이 끝나고 사람들은 모두 악마 몬스터의 움직임을 막기 위해 회의를 시작했다.

*　　*　　*

시간이 흘러 날이 점차 밝아지고 있었다. 악마 보티스는 조용히 눈을 떴다. 밤 동안에 영기를 흡수해서 조금이나마 부족한 영기를 채울 수가 있었다.

보티스는 어젯밤 일을 생각하면서 기분 나쁜 웃음을 지었다. 자기 일을 방해하고 더군다나 자신의 공격을 피해 결국 살아서 도망간 놈들이 있었다. 한 놈은 상당히 고레벨의 검투사 같았고 다른 한 놈은 가디언의 냄새가 났다.

보티스는 가디언의 냄새에 의문을 느꼈다.

가디언이 반역을 하다니 그런 일은 풍문으로만 들어봤지 한 번도 본 적이 없었다.

'과연!'

보티스는 이 별의 특이함에 다시 한 번 감탄했다. 아마도 가디언을 빼앗을 수 있는 능력이 있는 모양이었다. 동족의 영기를 뺏는 능력도 있는데 가디언 뺏는 능력을 갖추는 것이 무엇이 어렵겠는가!

보티스는 빨리 회복을 마치고 능력들을 찾아다니고 싶었다. 하지만 그럴수록 더욱 조심해야 했다. 머리 위 주술 진과의 연결이 아슬아슬한 지금, 한번 삐끗하면 처음부터 다시 시작해야 했다.

그 탓에 회복 속도가 극단적으로 느려졌지만 할 수 없었다.

이제 다시 움직일 시간이었다. 성질 같았으면 진작 움직였겠지만 그랬다가는 기껏 준비한 먹이들이 그물을 빠져나갈 것이다. 조금씩 그물을 흔들어 수확해야 했다.

보티스는 앞으로 나아가기 시작했다. 조금만 있으면 이 도시를 빠져나가게 될 것이다.

*     *     *

성준은 수리와 함께 M1 에이브람스 전차 위에 올라 스피링 필드 지역을 바라보았다. 이곳은 맨해튼에서 10㎞ 정도 떨어진 지역으로 외부 던전화 지역 바로 아래에 있었다.

성준의 주변에는 수십 대의 전차가 가든 스테이트 파크웨이라는 고속도로 위에 나란히 정차해 있었다. 성준과 전차들이 있는 부분은 고가도로 부분이라서 멀리 외부 던전화된 모든 지역이 한눈에 들어왔다.

성준과 여기 사람들의 목표는 성준의 일행이 미국에 들어와서 작전을 시작할 때까지 외부 던전화 지역의 이동을 막는 것이었다. 즉, 오늘 해 질 때까지만 막으면 되었다.

성준은 한숨을 내쉬었다. 분명히 정보만 전해주고 갈 생각이었다. 그런데 결국 발목이 잡혀 전투를 하게 되었다.

"난 어쩔 수 없는 싸움꾼이네."

수리가 성준의 투덜거림을 듣고 미소를 지었다.

"다른 사람들의 죽음을 보고 아무렇지도 않다는 듯 지나치지 못한 것뿐이에요."

수리의 말에 피식 웃은 성준은 눈을 가늘게 뜨고 앞을 바라보았다. 성준의 놀랍도록 발전한 시력에 저 멀리 거대한 3레벨 엘리트 몬스터들을 대동한 악마 몬스터가 대로를 천천히 걷고 있는 것이 보였다.

성준은 망원경을 들어 그 주변을 살펴보았다. 외부 던전을 둘러보다 망원경을 외부 던전 뒤쪽으로 향하게 되었다.

그런 성준의 눈에 사람들이 던전의 경계를 피해 건물을 빠져나와 가족들의 손을 잡고 도망치는 모습이 들어왔고, 그 뒤로 몬스터들이 사람들을 덮치고 있는 모습도 보였다.

성준은 망원경으로 그 모습을 보고 이를 갈았다. 차마 더는 볼 수 없어서 망원경을 밑으로 내렸다.

성준은 무전기를 들고 말했다.

"작전 시작."

끼이잉~

일렬로 늘어선 수십 대의 전차가 주포를 악마 몬스터를 향하여 방향을 돌렸다. 그리고 잠시 뒤 전차에서 수십 개의 날탄이 악마 몬스터를 향해 날아갔다.

쿵! 쿵!

전차에서 포를 발사하는 소리가 요란하게 들리고 전차에서 발사한 포탄이 몬스터에게 거의 다가갔으나 반투명한 문양의 벽에 막히고 말았다.

펑! 펑! 펑!

"역시 안 되나?"

수리에게 무전기를 넘겨준 성준은 감각을 한껏 올리고 몸을 낮추어 움직일 준비를 했다.

멀리 악마 몬스터가 그 자리에 멈추더니 전차들이 있는 방향으로 손을 들어 올렸다.

"거기냐!"

성준은 감각으로 파악한 영기가 모이는 곳을 향해 몸을 날렸다. 영기는 성준과 10m가량 떨어진 전차의 상공에 모여들고 있었다.

성준은 뭉쳐진 영기가 터지기 전에 달려들어 주먹에 영기를 가득 실어 감각으로 느껴지는 영기를 후려쳤다.

쾅!

"으악!"

허공에 뭉쳐 있던 영기는 성준이 후려친 반대 방향으로 터져 나갔고, 성준도 튕겨 나가 고가도로 난간에 처박혔다. 성준은 이를 악물고 자리에서 일어나 다시 전차 위로 올라갔다.

멀리 악마가 어리둥절해하는 모습이 보인다. 자신의 공격은 보이지 않아서 막기가 불가능한데 공격이 방해를 받고 있었다.

쿵! 쿵! 쿵!

그사이에 전차들은 계속해서 주포를 발사하고 있었다. 악마 몬스터는 다시 한 번 손을 들어 올렸고, 성준은 이번에도 몸을 던져서 검으로 영기를 베어내는 데 성공했다.

쾅!

성준은 이번에는 바닥에 처박혀 버렸다. 성준은 신음을 흘리며 몸을 일으켰다. 그리고 입안에 영기회복석을 하나 집어넣었다.

"하은이 필요해."

온몸이 쑤시는 느낌에 앓는 소리를 내면서 성준은 다시 한 번 전차 위로 올라갔다.

악마 몬스터는 더는 공격하지 않았다. 하지만 전차의 공격은 계속되었다. 몬스터는 짜증이 나는지 걸음을 멈추고 손을 들어 올렸다.

사방의 사람들을 공격하던 몬스터들이 모두 그 자리에서 멈추어 서더니 남쪽을 향하여 움직이기 시작했다.

어느새 옆으로 다가온 수리에게서 무전기를 받아 든 성준은 무전기에 대고 소리쳤다.

"작전 성공! 다음 단계로 갑니다!"


거리에서 몬스터에게 공격을 받던 사람들은 몬스터들이 남쪽으로 움직이자 모두 서쪽을 향해 달리기 시작했다. 그리고 그동안 눈치를 보고 있던 건물 안에 있던 사람들도 뛰쳐나와 서쪽으로 달려갔다.

엄청나게 쏟아져 나오는 사람들 숫자에 잠시 놀란 성준은 자신들을 향하여 접근해 오는 수많은 몬스터들을 바라보았다.

"자, 이제부터 시작이다."

그때부터 해가 질 때까지 몬스터들을 상대로 12시간 동안 이어질 미군과 귀환자들의 전투가 시작되었다. 나중에 미국에서는 이 전투를 피로 지킨 다리로 명명했다.

달려드는 몬스터들을 제어하느라 악마 몬스터가 직접 공격을 할 수 없게 되자 성준은 수리와 함께 고가도로에서 뛰어내려 외부 던전 안으로 달려갔다. 이제부터는 영기를 회복하며 싸워야 했다.

이곳에서 최대한 몬스터들을 막아내야 했다.

고가도로 아래에서 성준과 수리의 뒤를 이어 일련의 사람들이 달려나갔다. 그들은 미국 정부가 비밀리에 키우고 있던 귀환자들이었다.

미국 정부는 전에 몰살당한 귀환자들을 키우던 경험을 기반으로 다시 한 번 귀환자들을 키우고 있었다.

성준의 고개 너머로 전차 포탄이 몬스터들을 향해 날아갔다. 그리고 고가도로 뒤에서는 아파치 공격 헬기들이 모습을 드러냈다.

공격 헬기는 악마 몬스터나 엘리트 몬스터에게 공격받지 않기 위해 고가도로에서 살짝 위쪽으로 모습을 드러내고 벌컨포를 몬스터들을 향하여 쏟아 부었다.

성준의 앞에서 많은 몬스터들이 전차포와 벌컨포의 공격에 터져 나갔다. 하지만 엘리트급 이상의 몬스터들은 방어 능력을 활성화해서 공격들을 막아내고 있었다.

이 몬스터들은 귀환자들의 몫이었다. 이 몬스터들이 전차와 헬기에 접근하지 못하게 막아야 했다.

외부 던전 결계 안으로 뛰어든 성준은 선두에서 포탄을 튕겨내며 다가오는 거대한 거미처럼 보이는 2레벨 엘리트 몬스터를 향하여 몸을 날렸다.

그 몬스터는 성준을 향해 마비 침이 가득 담긴 거미줄을 쏘아댔다. 하지만 성준은 그 정도 공격은 아무렇지도 않다는 듯 검으로 거미줄을 가르고, 주먹으로 잘린 거미줄을 후려쳐 산산이 흩어버렸다.

그리고 흩어진 거미줄 사이를 지나 몬스터를 향해 달려들었다.

수리는 거리로 밀려나오는 수많은 1레벨 몬스터들과 1레벨 엘리트 몬스터들을 향하여 마주 달렸다. 그리고 잠시 후 수리와 몬스터들이 중앙에서 만나는 순간 수리의 주변으로 피보라가 몰아쳤다. 수리의 검이 검무를 추기 시작한 것이다.

수리는 피부 방어를 활성화하고 몬스터들을 뚫고 달리기 시작했다. 그녀의 눈은 이미 거미 몬스터의 목을 베고 다음 엘리트 몬스터를 향해 날아가는 성준의 모습을 바라보고 있었다.

미국 귀환자 팀의 리더인 레이몬드는 눈앞에 광경을 바라보고 얼이 빠졌다. 처음에는 수없이 밀려드는 몬스터들을 바라보고 너무나 많은 수에 긴장으로 몸이 덜덜 떨렸다. 하지만 곧 몬스터들을 헤집고 돌아다니는 두 남녀를 보는 순간 몸의 떨림이 멈추고 말았다.

남자는 하늘을 날아다녔다. 아니, 몬스터에서 다른 몬스터로 포탄이 발사되듯이 쏘아졌다. 그리고 자신의 앞을 가로막는 모든 방해물을 파괴하며 결국 몬스터의 목을 자르고 주먹으로 날려 버렸다.

여자 쪽은 남자 같은 화려함은 없었지만 무시무시한 건 마찬가지였다. 그녀의 주변은 피보라가 허공을 계속해서 수놓았고, 사방으로 몬스터의 사지가 날아다녔다. 마치 수십 개의 전기톱으로 사방을 동시에 썰어버리는 것 같았다.

레이몬드는 정신이 번쩍 들었다. 자신들도 움직여야 했다.

그들은 미국을 도와주기 위해 움직인 귀환자들이다. 자신들이 가만있으면 안 되었다.

"모두 맡은 위치로 이동해라! 여기서 몬스터들을 최대한 저지한다!"

40명이 넘는 귀환자가 레이몬드의 말에 정신을 차리고 사방으로 흩어졌다. 미국 귀환자들은 각자 네다섯 명씩 짝을 이루어 건물 뒤나 자동차 같은 엄폐물에 숨었다. 그리고 각 조에 있는 방패 능력자들이 방패 능력을 활성화했다.

징! 징! 징!

방패 능력자들의 방패 능력이 모두 활성화되자 레이몬드

의 지시로 몬스터들을 향해 각각 관통과 폭파 능력을 지닌 궁수들이 몬스터들을 향해 쇠뇌를 발사했다.

서걱!

성준은 공중으로 뛰어올라 자신의 머리 위에서 선회하던 비행 몬스터의 날개를 베어버리고 아래로 떨어지면서 악마 몬스터를 바라보았다. 역시 악마 몬스터는 자신의 예상대로 멈추어 선 상태로 움직이지 않았다. 직접 몬스터를 제어할 때는 움직이지 못할 것이라는 그의 예상이 맞았다.

이곳에서 전투하며 저녁까지 시간을 끌어야 했다. 그것만이 이 안에 갇힌 수많은 뉴욕 시민을 살리는 길이었다. 성준은 다시 눈앞의 몬스터를 향해 점프했다.

*      *      *

전투는 치열했다.

성준이 2레벨 엘리트 몬스터를 상대하고 수리와 미국 귀환자들이 1레벨 엘리트 몬스터들과 방어 능력이 강한 2레벨 몬스터들을 상대하는 동안 미군은 나머지 몬스터들에게 공격을 퍼부었다.

하지만 성준 혼자 모든 2레벨 엘리트 몬스터를 상대하는 것은 역부족이었다. 성준이 놓친 2레벨 엘리트 몬스터들은 전차와 미군을 향해 장거리 공격을 퍼부었다.

그 결과, 많은 전차가 파괴되고 수십, 수백이 넘는 미군들이 목숨을 잃었다.

하지만 결국 점심때쯤 일행은 승기를 잡을 수 있었다. 마침내 성준이 2레벨 엘리트 몬스터들을 모두 제거하자 미군의 전차와 공격 헬기들이 공세로 전환할 수 있었다. 미군들과 미국 귀환자들은 혹시 이곳에서 이 싸움을 끝낼 수 있을지도 모른다는 기대를 하기 시작했다.

하지만 성준과 수리는 본격적인 싸움은 이제부터 시작이라는 것을 알고 있었다.

성준은 눈앞의 몬스터를 베어버리고 외부 던전 한가운데 고요히 서 있는 악마 몬스터를 바라보았다. 악마 몬스터의 주변에 검은 연기가 뭉쳤다. 그리고 그곳에서 또다시 몬스터들이 쏟아져 나오기 시작했다.

몬스터들은 영기가 존재하는 한 무한했다.

군인들과 귀환자들은 일순간 맥이 풀렸다. 그동안의 노력이 모두 수포로 돌아간 것이다. 그때 성준이 소리쳤다.

"적의 전멸이 목표가 아닙니다! 저녁때까지만 막으면 돼요! 반 남았습니다!"

성준의 일갈에 사람들은 정신을 차렸고, 그들을 향해 몬스터들이 달려들었다. 그렇게 2차전이 시작되었다.


　해가 점점 기울어져 가고 있었다. 이제 한두 시간만 버티면 되었다. 성준의 온몸은 땀으로 범벅이 되었다. 열 시간 이상의 전투였다. 만약 그가 아니라 어지간한 귀환자였다면 한두 시간 안에 쓰러졌을 것이 분명했다. 그럼에도 지금 그는 거의 한계 상태였다.

　성준은 주위를 둘러보았다. 고가도로 위에서 포를 쏘아대던 기존의 전차부대는 얼마 전에 모두 전멸 당했다. 그 뒤로도 수십 대의 전차가 증원됐지만, 지금은 고작 몇 대만이 남아 포를 쏘고 있었다.

　하늘을 날던 전투 헬기들은 기지로 돌아가서 기름을 넣고, 다시 출격하는 일을 반복하다 결국 비행 몬스터들에 의해 모두 격추되고 말았다.

　사실상 뉴욕 주 방위군 기계화 부대는 이곳에서 전멸한 것이나 다름없었다. 다른 부대가 오늘 안에 도착하는 것도 힘든 지금, 더 이상의 지원은 없다고 봐야 했다. 그나마 미국 귀환자들은 건재했다.

　성준과 수리가 최선을 다해 보호한 덕분이기도 하지만, 아직도 30명 이상의 귀환자들이 사방에 숨어 몬스터들과 전투를 벌이고 있었다.

다시 멀리서 몬스터들의 소리가 들려오기 시작했다. 역시 문양의 중앙에서 또다시 몬스터들이 생성되고 있었다. 그동안 엄청난 수의 몬스터를 죽였지만, 다시 몬스터들이 생성되고 있는 것이다. 그나마 다행인 것은 새롭게 생성되는 몬스터들은 능력을 사용할 수 없다는 것이었다.

그러나 아직 악마 몬스터 주위에 있는 3레벨 몬스터들이 움직이지 않고 있었다. 만약 그 몬스터들이 움직였다면 위험할 수도 있었지만 악마 몬스터는 자신을 보호하기 위해 3레벨 엘리트 몬스터들을 움직이지 않고 있었다.

성준은 고개를 돌려 수리를 바라보았다. 수리는 반쯤 부서진 건물 귀퉁이에 몸을 기대고 숨을 헐떡거리고 있었다. 그토록 강인하던 여전사도 이 정도로 장기간 이어진 전투는 견디기 힘들었던 모양이다.

다시 한 번 몬스터들이 밀어닥치기 시작했다.

전투 시작 시에는 전차와 헬기의 도움으로 겨우 버티던 전투였지만, 이제는 몬스터들의 능력이 사라진 덕분에 버티고 있었다.

하지만 귀환자도 사람이기에 체력이 부족했고 집중력까지 극도로 떨어지고 있었다.

성준은 거의 무아지경으로 앞에서 앞발을 내려치는 공룡같이 생긴 엘리트 몬스터의 발을 밟고 뛰어올랐다. 다행히 엘리트 몬스터라고 해도 능력이 사라져 육체적인 공격만 피하면 버틸 수가 있었다.

성준은 눈앞에 보이는 몬스터의 가슴에 검을 박아 넣은 후 독을 밀어 넣었다. 검의 영기도 아슬아슬한지 독이 얼마 들어가지 않았는데 영기가 다 떨어져 버렸다.

성준은 검을 뽑아 들고 주먹으로 몬스터의 가슴을 후려졌다.

쾅!

영기가 떨어진 성준은 몬스터와 함께 옆으로 쓰러졌다.

"쿠아악!"

잠시 정신을 못 차리던 성준은 몬스터의 괴성에 머리를 흔들었다. 성준은 비틀거리며 겨우 일어나 주변을 보았다.

몬스터들이 사방으로 날뛰고 있었다. 성준은 의아해했다. 여태 체계적으로 공격하던 몬스터들이 이렇게 날뛸 이유가 없었다.

단지 악마 몬스터가 제어를 포기했다면 이 상황이 말이 되었다.

성준은 정신이 번쩍 들었다. 그는 악마 몬스터를 향해 시선을 돌렸다. 악마 몬스터가 이쪽을 향해 손을 들고 있었다.

성준은 아차 싶었다. 그동안의 전투로 귀환자들이 흩어져 버렸다. 성준은 감각을 활성화해서 급하게 악마 몬스터의 영기가 생성되는 곳을 찾았다.

영기가 생성되는 곳은 미국 귀환자 세 그룹이 각각 숨어서 공격하고 있는 3층짜리 건물이었다.

성준은 있는 힘껏 다리를 박차 건물로 향했다.

쾅! 쿠르르르르!

하지만 성준이 채 반도 가기 전에 건물의 1층이 터져 나가며 건물이 마치 수수깡처럼 무너져 내렸다. 건물에 있던 모든 귀환자들은 건물에 파묻혀 버렸다.

"꺄아악!"

성준은 건물이 무너져 내리는 순간 귀환자들의 비명을 들은 것 같은 기분이 들었다.

성준은 이를 악물고 공중을 걷어찼다. 성준의 예상대로 아직 끝이 아니었다. 이번에는 수리가 기대고 있는 건물이었다. 성준온 공중을 박차 속도를 올렸다.

서걱! 쾅!

다행히 이번에는 막을 수가 있었다. 폭발과 함께 땅에 처박힌 성준은 자신의 얼굴을 쓰다듬는 손길에 눈을 떴다.

수리가 성준의 얼굴을 닦아주고 있었다. 폭발의 여파에 당했는지 수리의 머리에서 피가 흐르고 있었다.

성준은 이를 악물고 몸을 일으켰다. 방심한 여파가 컸다. 이 한 번의 공격에 미국 귀환자들 반이 몰살당했다. 이제 십여 명의 귀환자만 남았다.

"버틸 수 있으려나."

성준은 잠시 도망갈까 생각해 보다가 피식 웃었다. 그렇게 도망갈 생각이었다면 처음부터 이곳에 오지도 않았다.

더군다나 자신의 뒤에 이렇게나 많은 사람의 피가 흐르고 있는데 이대로 발을 뺄 수는 없었다.

역시 전투 시에는 사람이 감정적으로 될 수밖에 없는 것 같았다.

성준은 비틀거리며 파괴된 도로 한복판에 섰다. 몬스터들이 다시 질서를 되찾았다. 악마 몬스터가 다시 제어하고 있는 모양이었다.

수리가 성준의 옆으로 다가왔다. 성준은 수리의 얼굴에 흐르는 피를 손으로 닦아주었다. 하지만 손에 묻은 흙 때문에 수리의 얼굴이 더 엉망으로 되었다.

"미안."

성준의 말에 수리는 고개를 흔들면서 미소를 지었다. 그리고 둘은 고개를 돌려 자세를 잡았다.

그들에게 다시 몬스터들이 다가왔다.

투투투투!

갑자기 성준의 뒤에서 기관포 소리가 들리고 접근하는 몬스터들의 몸에서 피가 뿜어져 나왔다. 성준은 뒤를 바라보았다. 멀리 고가도로 뒤로 헬기 한 대가 떠오르고 있었다.

"아직 전투 헬기가 남았나?"

그런데 전투 헬기가 아니라 다목적 헬기인 블랙호크였다.

"캬악!"

공격을 받은 거미 몬스터들의 몸에서 거미줄이 헬기를 향해 발사되었다. 거미 몬스터들의 거미줄은 상당한 공격 거리를 자랑했다.

"이런!"

성준은 안타까운 마음에 소리를 질렀다. 능력이 없는 거미줄이라도 헬기의 로터에 감기면 그대로 추락한다.

징!

거미줄이 헬기에 날아가고 있을 때 헬기의 측면에 거대한 반투명한 문양이 떠올랐다. 방패 능력이었다.

퍽! 퍽!

거미줄이 방패 능력에 맞고 모두 떨어졌다. 그리고 공중에 떠 있는 헬기의 문이 활짝 열렸다.

"기병대 등장!"

헤라가 헬기의 문을 열고 소리쳤다. 하지만 헬기의 소리에 파묻혀 아무도 듣지 못했다.

"빨리 내려!"

다희가 헤라를 떠밀고 자신도 헬기에서 뛰어내렸다. 이어 헬기에서 일행의 모습이 하나둘씩 나타났다.

고가도로 뒤로 등장하는 헬기가 늘어나기 시작했다. 한국에서 출발한 귀환자 조합원과 면접자들이 모두 도착한 것이다.

하은은 성준을 향해 손을 흔들다 성준과 수리가 많이 다친 것을 보고는 곧바로 물을 만들어 그들에게 쏘아 보냈다. 물덩어리는 멀리까지 날아가 성준과 수리의 몸에 부딪쳤다.

치료 능력이 있는 물을 뒤집어쓴 성준은 일행을 보고 씩 웃었다. 모두 와주어 감사했지만 영기회복석을 낭비한 것은 혼내주어야 할 것 같았다.

드디어 결집한 성준 일행과 몬스터의 전투가 다시 시작되었다. 하지만 그 전투는 오래가지 못했다. 30분의 시간이 흐르자 해가 떨어졌고, 몬스터들이 물러나기 시작했던 것이다. 결국 일행도 공격을 멈추었다.

그렇게 길었던 전투가 끝이 났다.

# 제3장
의지 Ⅱ

지휘 차량은 침울한 분위기를 풍기고 있었다. 지휘 차량 안에는 주 방위군 사령관과 미국 귀환자들을 대표하는 에드워드, 그리고 성준이 있었다. 수리는 지친 나머지 임시 숙소에서 기절하듯 잠들어 있었다.

"주 방위군의 기계화 부대는 고작 30% 정도가 생존해 있습니다. 모두 최후까지 싸웠습니다."

뉴욕 주 방위군 사령관은 침통한 얼굴로 화면의 대통령에게 이야기하고 있었다. 부대원 중 70%가 생존해도 전멸로 간주하는 현대전에서 30%의 생존이면 정말로 모두가 죽음을 각오하고 버텼다는 이야기다.

"모든 부대원에게 감사드립니다."

화면의 대통령은 모두에게 감사를 표했다.

"미국의 귀환자 팀은 총원 43명 중에 현재 16명만이 생존해 있습니다. 다행히 한국 귀환자 팀의 치료사분 덕분에 중상자 네 명이 회복되었습니다."

에드워드의 보고도 어두운 내용 일색이었다. 오늘 하루 동안 외부 던전의 이동을 멈추기 위해 주 방위군과 귀환자 부대가 일반적인 전멸 이상의 피해를 본 것이다.

옆에서 이야기를 듣고 있는 성준은 계속해서 눈을 비비며 정신을 차리기 위해 애쓰고 있었다.

낮의 전투가 성준의 체력을 전부 소모시킨 까닭이다. 하지만 내일의 전투를 위해서는 그가 회의에 참석해야 했다.

"앞으로 두 시간 후면 노포크에서 출발한 대서양 함대 전단이 도착합니다. 레일건을 장비한 구축함이 두 척이 있습니다. 전투에 보탬이 될 겁니다."

사령관이 조금 나아진 얼굴로 새로 올라온 보고서를 읽었다.

"그리고 3보병사단 중 두 개의 기갑여단이 6시간 후에 도착 예정이고, 82공수사단, 101공수사단이 출발 준비를 완료했습니다."

대통령은 이야기를 듣고 성준을 바라보았다.

"우리 쪽은 최대한 준비를 했습니다."

성준은 대통령의 말에 고개를 끄덕이며 대통령에게 말했다.

"양동을 부탁하겠습니다. 몬스터들의 시선을 돌리고 화력을 집중해서 악마 몬스터까지의 길을 만들어주십시오. 저희가 가서 악마 몬스터와 문양과의 연결을 끊어놓겠습니다."

그들은 몇 시간 동안이나 세부 사항에 대해 이야기했다.

밤늦게 숙소로 돌아온 성준은 바로 기절하듯 잠들었다. 더는 버티지 못한 것이다. 그렇게 간이침대에 누운 성준에게 하은이 모포를 덮어주었다.

밖에서 바람을 쐬고 있던 하은이 눈앞을 지나가는 성준을 보고 인사를 하려다가 그의 피곤한 모습에 말을 걸지 못하고 그저 조용히 뒤를 따라온 것이다.

"피곤하지 않아? 하은이 너도 쉬어야지. 내일 힘들 텐데."

어느새 잠에서 깼는지 옆 침대의 수리가 일어나 있었다. 하은이 수리를 보고 미소를 지었다.

"이상하게 잠이 안 와서요. 미국을 처음 와서 그런지 마냥 심란하네요. 그래도 오빠 얼굴 보니 괜찮아졌어요."

하은의 말에 수리가 그녀를 자세히 바라보았다.

"하은이는 주인님을 정말 좋아하나 보다."

"네, 첫사랑인가 봐요. 뭐 짝사랑으로 끝날 확률이 높지만 그래도 마음이 가는 것은 어쩔 수 없어요."

하은은 수리를 부러운 눈으로 바라봤다.

"어떨 땐 당연하게 붙어 다니고 오빠에 대해 다 아는 수리 언니가 부럽고 질투 나기도 해요."

하은도 수리에게 정보 교환 능력에 대해 들었다. 그래서 성준에 대해 잘 알고 있는 수리가 부러운 것이다.

수리는 하은의 말에 잠시 생각하더니 그녀를 불렀다.

"이쪽으로 와봐."

하은은 수리의 말에 어리둥절한 얼굴로 다가갔다.

"공정한 시합을 해야겠지?"

수리는 하은에게 그렇게 말하고 하은을 향해 손을 들어 올렸다. 수리는 하은에게 각인을 했다. 이제 레벨이 올라 머리를 맞대고 있지 않아도 된다.

"어라라?"

하은은 자신에게 쏟아져 들어오는 수리가 가지고 있는 성준의 기억에 놀라워했다.

"하은이 내 정보 교환 능력의 두 번째 대상이야. 이렇게 되면 어느 정도는 공평하지?"

수리의 말에 하은이 수리를 꼭 껴안았다.

"언니들이 착해서 슬퍼요. 마음대로 미워할 수도 없고."

"이 일은 보람이에게는 비밀이야. 레벨이 오르면 보람이에게도 해줄 테니까."

하은은 수리를 껴안고 고개를 끄덕였다.


다음 날 새벽, 아직 시야는 깜깜한데 외부 던전 지역 밖은 정신없이 바빴다.

"대서양 함대, 뉴욕 항 밖에 대기 중! 구축함 레일건, 충전 완료!"

"두 개의 기갑 여단 전개 완료! 총 220대 전차와 140대의 장갑차 모두 제자리에 배치 중! 모든 전차와 장갑차 포탄, 날탄으로 교체 완료!"

"공격 헬기, 대대 출격 준비 완료되었습니다!"

지휘 차량과 지휘본부 막사에서는 각종 보고가 쏟아졌고, 사방에서 선자의 기동음이 들려왔다.

사단 지휘 차량에서 임시로 이번 작전의 책임을 맡게 된 뉴욕 주 방위군 사령관은 굳은 얼굴로 보고를 듣고 있었다.

"저격팀 모두 지정된 위치에 배치 완료되었습니다."

사령관은 고개를 끄덕였다. 이제 모든 준비는 끝났다. 해가 떠오르면 작전은 시작될 것이다.


성준은 얼굴을 스치는 손길에 눈을 떴다. 눈앞에 수리가 보인다.

"곧 해가 떠오를 거예요."

성준은 수리에게 고맙다고 이야기하고 몸을 일으켰다. 삭신이 쑤셨다. 성준은 억지로 몸을 일으켜서 스트레칭을 했다. 역시 대단한 육체였다. 스트레칭을 하는 동안 점점 몸이 풀리더니 몇 분 정도 지나자 개운한 몸 상태가 되었다.

성준은 숙소 밖을 바라보았다. 멀리 동쪽이 조금씩 환해지고 있었다.

성준은 물수건으로 얼굴을 닦고 장비를 챙겼다. 그리고 이미 준비를 끝내고 그를 기다리고 있던 수리와 함께 숙소 밖으로 나섰다.

숙소 밖은 엄청나게 부산스러웠다. 성준은 일행을 찾기 위해 주위를 둘러보았다. 성준의 일행과 면접자들은 임시 숙소가 모여 있는 공터 한가운데 모여 있었다. 성준과 수리는 일행 쪽으로 움직였다.

성준이 다가가자 일행은 모두 반가운 얼굴로 성준에게 인사했다. 성준도 일행에게 인사를 하고 주위를 둘러보았다.

면접자들의 모습이 보인다. 그들의 표정은 다양했다. 불만을 가진 사람, 기대에 찬 사람, 흥분한 사람, 두려워하는 사람 등등.

하지만 그들 모두는 어제 이곳에 도착해서 성준과 일행의 전투를 지켜보았기 때문에 입을 굳게 닫고 있었다. 성준은 그들의 표정을 둘러보고 말했다.

"여러분을 이곳에 오시게 한 것을 죄송스럽게 생각합니다. 보상은 한국에 돌아가서 충분히 해드리겠습니다. 여러분도 아시겠지만 이곳 미국에 갑자기 외부 던전이 열려 저희에게 도와 달라는 요청이 들어왔습니다."

성준은 말을 이었다.

"그래서 우선 제가 베르너 교수님과 함께 이곳에 와서 외부 던전과 적을 확인 후 상대할 수 있다고 결정을 내려 저희 귀환자 팀을 부른 것입니다."

그리고 성준은 면접자들에게 좋은 소식을 전했다.

"저희 귀환자 조합에 면접을 보러 오신 여러분 중 이곳 미국에 오신 모든 분은 합격하셨습니다. 저는 여러분의 의지를 확인하기 위하여 이곳으로 여러분을 부른 것이었습니다."

마지막으로 성준은 그들이 있을 장소를 이야기해 주었다.

"기존의 귀환자 팀은 저와 함께 외부 던전의 중심으로 들어가서 적의 두목에게 한 방 먹여주고 도망칠 것입니다. 여러분은 외부에서 영기를 채우면서 미군들을 도와주시기 바랍니다."

성준의 말이 끝나자 면접자들의 표정이 밝아졌다. 성준이 시험을 핑계로 자신들을 혹시 총알받이로 쓰지 않을까 걱정한 것이다.

성준은 어제 미군과 나누었던 작전을 일행과 공유했다. 이제 이곳에 있는 모두는 귀환자 조합의 팀원이므로 성준은 몇 가지를 제외한 모든 내용을 공유할 생각이다.

"그럼 히트 앤 도망인가요?"

미리가 성준의 말을 듣고 물었다. 성준은 미리의 말에 동의했다.

"최대한 공격해서 문양과 적 보스의 연결을 끊고 곧바로 빠져나올 거야. 문양이 사라지면 적 보스는 던전 내부나 자신이 출발한 곳으로 돌아갈 수밖에 없어. 영기가 부족해서 능력을 사용하기는 힘들 거야."

성준은 모두에게 출발 준비를 시켰다. 사람들은 다시 자신의 숙소로 들어가 장비를 정비하기 시작했다.

일행을 바라보고 있는 성준에게 정 교관이 다가왔다.

"고생 많으셨습니다."

성준의 말에 정 교관은 고개를 가로저었다.

"다들 생존 능력이 뛰어나서 큰 문제는 없었습니다."

"전투 감각은 어떻습니까?"

"일대일 전투는 상당했습니다. 하지만 다들 회피 위주로 던전을 지나와서인지 팀으로 움직이거나 큰 몬스터를 상대해 본 경험은 전혀 없다는 것이 문제입니다."

성준은 정 교관의 말에 고개를 끄덕였다. 새로 들어온 귀환자들의 능력도 생존 위주의 능력이 많았다.

하지만 이제 귀환자 조합에 들어왔으니 앞으로 3레벨이 될 때 밸런스에 맞게 구슬을 찾아주면 될 것이다.

"그래서 말인데, 이곳에서 면접자들은 제가 관리해야 할 것 같습니다. 다들 독불장군이라 놔두면 전혀 도움이 안 될 겁니다."

정 교관의 말에 성준은 잠시 고민하다 허락했다. 정 교관의 지휘 능력이 아까웠지만 수리도 있고 하니, 한 명 정도는 면접자들에게 도움이 되는 쪽을 맡는 게 좋을 것 같았다.

동쪽에서 해가 떠올랐다. 성준과 기존의 귀환자 조합 일행은 정 교관을 제외하고 모두 모여 외부 던전에 진입할 준비를 하고 있었다.

정 교관은 미국 귀환자들, 면접자들과 함께 모여 외부 던전 외곽에서 내부팀을 지원할 준비를 하고 있었다.

아침 햇살에 사방이 환해졌다. 파괴되었던 전차와 헬기는 밤사이에 최대한 치워졌고 다시금 새로운 전차들이 그 자리를 차지했다.

이번에는 한쪽에서 공격하는 것이 아니라 거의 모든 방향에서 공격할 예정이다. 현재 성준과 일행이 있는 곳은 두 개

전차 대대가 모여 일행을 엄호할 예정이다.

성준은 시계를 보았다. 6시 27분이다. 작전 시작 시간은 6시 30분으로 잡았다. 어제 확인한 바로는 악마 몬스터가 움직이는 시간이 그때쯤이었다. 눈을 뜨자마자 정신을 못 차리게 공격해야 했다.

*　　*　　*

악마 보타스는 사방에서 느껴지는 기분 나쁜 느낌에 결국 눈을 뜨고 말았다. 보타스는 눈을 뜨고 어제 일을 생각했다. 정말 지독한 인간들이었다. 죽여도 죽여도 끊임없이 덤벼드는 모습에 보타스는 그만 질리고 말았다.

거기다가 밤에 자신을 정찰하고 간 고레벨 검투사에 대해서는 두 손 두 발 다 들고 말았다. 그 검투사 한 명에게 자기 던전의 2레벨 엘리트 몬스터의 대부분이 당하고 말았다. 이제 자신에게 남은 것은 3레벨 엘리트 몬스터와 껍데기뿐인 몬스터밖에 없었다.

원래 보타스는 외부 던전을 만들고 사람들을 끌고 다니면서 식사로 삼아 몸을 치료하고, 던전들을 돌아다니면서 엘리트 몬스터들을 훔쳐 세력을 불릴 생각이었다.

그렇게 하여 일정 세력을 만들어 별 전체를 휩쓸고 다니며 고유 능력자를 찾을 예정이었다.

하지만 시작부터 꼬이는 느낌이 들었다. 이제 겨우 출발선일 뿐인데 인간들의 방해로 하루 종일 움직이지도 못하고, 몬스터들은 주 전력이 줄어들고 말았다.

보타스는 자신의 몸 상태를 점검했다. 아직 레벨 하락에서는 벗어나지 못했지만 현상 유지는 가능한 몸 상태였다. 오늘은 3레벨 엘리트 몬스터를 움직여 모두 끝장낼 생각이다.

어제 마지막으로 사용한, 몬스터를 공격에 보낸 뒤 제어를 끊고 자신이 공격하는 방법이 괜찮게 효과를 보았으니 3레벨 엘리트 몬스터를 보내놓고 사용해 보아야겠다고 생각했다.

보타스는 생각 도중에 점점 증가하는 기분 나쁜 느낌에 고개를 갸웃거렸다. 보타스는 먼 곳을 바라보기 시작했다. 제일 기분 나쁜 느낌이 드는 곳을 본 보타스는 인상을 찡그렸다.

어제 본 기분 나쁜 인간이 그곳에 있었다. 그 인간이 자신을 바라보며 입에 무언가를 대고 말하고 있었다.

\*　　　\*　　　\*

성준은 무전기를 통해 명령했다.

"모두 공격!"

악마 몬스터와 인간과의 2차전이 시작됐다.

위이이잉! 위이이잉!

"전 승무원 충격 대비! 전 승무원 충격 대비!"

뉴욕 앞바다에 떠 있는 두 척의 줌왈트 스텔스 구축함 위의 레일건이 포구를 돌리기 시작했다. 그리고 레일건은 뉴욕 시를 향하여 포구를 고정했다.

빠아아앙!

이상한 전자음과 더불어 레일건 주위로 충격파가 퍼져 나갔다.

옆의 구축함에서도 레일건이 발사되었다.

각각 레일건을 발사한 구축함들은 급하게 자리를 이동하기 시작했다. 구축함 한 척이 도쿄 앞바다에서 호되게 당한 이후부터는 몬스터에게 반격을 당하기 전에 자리를 옮기는 것이다.

*　　　*　　　*

쾅! 쾅!

보스 몬스터의 양옆에 서 있던 거대한 3레벨 엘리트 몬스터들의 머리가 옆으로 퉁겨졌다. 바다에서 레일건 공격이 시작되었다. 엘리트 몬스터들은 공격을 받자마자 바다를 향해 움직이기 시작했다.

펑! 펑! 펑!

성준의 뒤에서 전차들이 불을 뿜자 잠에서 깨어나던 몬스터들의 몸이 터져 나갔다.

멀리서는 공격 헬기들이 외부 던전 경계 밖에서 안쪽으로 벌컨포를 쏘아대며 지나갔다.

총력전이었다.

성준은 머리 위를 지나가는 포탄을 배경으로 일행을 둘러보았다. 모두 굳은 표정이다.

"그래도 그동안의 보스 존보다는 훨씬 좋아요. 보스를 제거할 필요도 없고 지원도 빵빵하고."

성준은 일행을 보며 씩 웃었다.

"모두 달려가서 뺨 한 대만 갈겨주고 도망갑시다."

성준의 말에 모두 굳어 있던 표정이 좀 풀렸다.

성준을 앞세우고 일행은 외부 던전의 경계를 향해 날렸다.

"난 로맨스 영화 좋아하는데 전쟁 영화를 직접 찍을 줄이야!"

헤라가 달리면서 징징거리고 있다. 하지만 누구도 헤라의 말에 대꾸를 하지 않았다. 그만큼 주위의 모습은 처참했다. 어제의 전투로 큰 상처가 난 거리는 다시 한 번 퍼부어대는 날탄에 구멍이 뻥뻥 뚫리고 있었다.

일행은 드디어 경계 안으로 진입했다. 정 교관이 없어서 성준이 일행을 향해 소리쳤다.

"방패!"

반사적으로 보람과 재식의 손이 위로 올라갔다. 일행의 멀리 위로 물 방패와 반투명한 방패 능력이 생성되었다.

펑! 펑!

물 방패 위로 거미줄이 부딪쳤다. 건물과 건물 사이의 벽에 매달려 있던 거미형 몬스터들이 거미줄을 쏜 것이다.

슈슈슉!

그 모습을 본 여고생들의 화살이 하늘을 갈랐다.

"키에엑!"

일행이 달려가는 옆으로 화살에 맞은 거미형 몬스터들이 밑으로 떨어졌다.

일행들이 달리는 전방의 사거리로 2레벨 엘리트 몬스터의 모습이 보였다. 거대한 뱀의 모습인 몬스터는 날탄의 공격에도 끄떡없는 모습을 보였다. 2레벨 엘리트급 몬스터들은 능력이 없더라도 종족의 특성으로 방어가 강력한 몬스터가 많았다.

성준은 수리에게 일행을 부탁하고 땅을 박차 몬스터에게로 날아갔다.

슈슉!

입을 크게 벌린 뱀 모양의 몬스터가 성준을 향해 머리를 내려찍었다. 몬스터는 성준을 한입에 삼킬 생각이다. 결국 성준은 몬스터의 입속으로 빨려들어 갔다.

펑!

하지만 성준을 삼킨 몬스터의 뒷목이 터져 나가며 그곳에서 성준이 밖으로 튀어나왔다.

"저쪽은 이제 슈퍼맨 레벨이다. 너무 비현실적이야."

다희는 투덜거리면서 정면을 바라보았다. 일행의 앞으로 일반 몬스터들이 쏟아져 들어오고 있었다. 일행이 점점 안쪽으로 들어가자 외부의 공격이 점점 닿지 않는 상황이 된 것이다.

재식과 보람이 방패를 강화하고, 일행은 무기를 앞으로 향했다.

일행의 선두로 수리가 나섰다. 수리는 몬스터들 안쪽으로 뛰어들어 몬스터들을 관통하기 시작했다.

"쿠아아악!?"

피보라가 일면서 몬스터들의 비명이 거리를 가득 메웠다.

"이쪽은 완전 고어다. 18금으로도 출시하기 힘든 영상이야."

다희는 다시 투덜거리면서 쇠뇌를 당기기 시작했다. 다희와 헤라의 힘이 강해지자 쇠뇌에서 발사되는 화살은 끝이 없이 이어지며 몬스터들을 터뜨렸다.

일행은 앞으로 달려갔다.

"기갑연대 1대대 완전 붕괴, 전열 이탈합니다!"

"공격 헬기 피해 10% 이상, 이대로는 한 시간도 못 버팁니다."

"함대로부터 연락입니다. 구축함 한 척 반파되었답니다. 레일건 지원은 이제 한 척밖에 없습니다."

사령관은 입술을 깨물었다. 엘리트 몬스터들의 능력이 없어져서 해볼 만하다고 생각했는데 오산이었다. 어제처럼 앞에 나서서 엘리트 몬스터를 상대할 사람이 없자 몬스터들이 경계 밖으로 나와서 날뛴 것이다.

레일건은 다행스럽게도 3레벨 엘리트 몬스터를 유인하는 데 성공했지만 결국 한 척이 반격에 맞아 반파되고 말았다.

"이대로는 길어야 두 시간인가?"

사령관은 기도하는 심정으로 성준과 일행이 달려가고 있는 화면을 바라보았다.


성준은 달리면서 잠깐 이상한 느낌이 들었다. 무엇인가 빠진 느낌이다.

성준은 긴장감에 감각을 날카롭게 세워 주위를 둘러보았다.


―순조롭게 전진.

―몬스터들이 사방에서 공격을 받아 발이 묶임.

―다행히 체계적인 방어를 하지 않아 쉽게 이동.

'이런!'

성준은 정신이 번쩍 들었다. 몬스터들이 체계적으로 움직이지 않는다면 원인은 뻔했다.

성준은 급하게 감각을 활성화해 주위를 살폈다. 다행히 주위에 영기가 뭉쳐지는 곳은 없었다.

쾅!

멀리서 엄청난 폭음이 들리더니 연기가 피어올랐다. 성준은 급하게 고개를 돌렸다. 전차 중대 하나가 완전히 사라져 버렸다.

성준은 급하게 악마 몬스터를 바라보았다. 몬스터는 방금 터져 나간 빙향에서 손을 내리고 주위를 둘러보고 있었다. 다시 공격할 곳을 찾는 모양이다. 성준에게 자신의 공격이 막히자 다른 곳을 먼저 제거할 생각인 것이다.

성준은 이를 악물었다. 최대한 빨리 움직이는 것 외에는 방법이 없었다.

성준과 일행은 거침없이 몬스터들을 제거하며 악마 몬스터에게로 향했다.

성준이 2레벨 엘리트 몬스터를 막고 있는 사이, 수리가 앞으로 나서서 먼저 몬스터들을 정리한 후 일행이 공격하면서 밀고 지나가자 그들을 막을 수 있는 몬스터가 없었다.

악마 몬스터는 특별히 몬스터들을 움직여 자신을 보호하려고 하지 않았다. 자신의 능력을 과신하는 것인지 이유는 알 수 없었지만 성준과 일행은 고마울 따름이었다.

결국 일행은 악마 몬스터 앞에 도착할 수 있었다. 3레벨 엘리트 몬스터들은 자신을 공격한 구축함을 쫓고 있어 이 자리에 없었다.

악마 보타스는 다가온 일행을 보고 미소 지었다. 고유 능력자만 둘이다. 이 둘 중에 쓸 만한 게 하나는 있을 게 분명했다.

일부러 일행이 접근하도록 놔두었던 보타스는 슬슬 낚싯줄을 거둬들여야겠다고 생각했다.


"모두 공격!"

성준이 일행에게 소리쳤다. 이 주변은 악마 몬스터의 영향으로 몬스터들이 보이지 않았다. 3레벨 엘리트 몬스터가 없는 이 기회를 노려야 했다.

일행은 악마 몬스터를 향해 공격을 퍼부었다.

쿠콰콰쾅!

악마 몬스터의 주위가 폭음과 함께 사방으로 터져 나갔다. 강화된 화력에 의해 악마 몬스터의 주변은 그야말로 쑥대밭

이 되었다.

성준과 수리의 예상대로 적의 장거리 방어용 방패는 근거리에서는 사용할 수 없었다. 악마 몬스터는 모든 공격을 몸으로 받아들였다.

성준은 긴장으로 뒷머리에 식은땀이 흘렀다. 감각으로 확인한 악마 몬스터는 전혀 피해를 보지 않은 것 같았다. 피부 자체에도 강한 방어 능력이 있는 모양이다.

아직 문양이 미동도 없다. 이대로는 안 되었다. 자신이 나설 수밖에 없었다.

성준은 손을 흔들어 공격을 멈추게 하고 몸을 날렸다.


검투사들의 공격 속에서 악마 보타스는 지루함을 느끼고 있었다. 자신이 아무리 레벨이 한 단계 낮아졌다고 하지만 자신들의 피조물과 같은 등급일 리가 없었다. 기껏해야 3레벨 보스 몬스터에게나 겨우 효과가 있을 공격이 자신에게 피해를 줄 리가 없었다.

보타스가 지루함에 장난을 그만 끝내려고 하는 순간 눈앞에 먹이가 나타났다. 보타스가 눈을 빛냈다.


성준과 악마 몬스터는 서로를 향해 몸을 날려 공중에서 부딪쳤다. 악마 몬스터의 날카로운 손톱은 성준을 할퀴었고 성준은 검으로 손톱을 막았다.

하지만 힘에서 밀린 성준은 뒤로 튕겨 나갔고, 악마 몬스터는 성준을 따라 허공에서 몸을 날렸다. 악마 몬스터는 기본적으로 하늘을 날 수 있는 모양이었다.

성준은 자신에게 날아오는 악마 몬스터를 보고 급하게 발을 박차 공중으로 떠올랐다.

악마 몬스터는 다시 성준을 향해 움직이려고 하다 온몸에 서리가 끼는 것을 느꼈다.

악마 몬스터는 공격의 방향으로 눈을 돌렸다. 멀리 인간 여자가 손을 들어 능력을 사용하는 것이 보였다. 그는 귀찮음에 손을 휘둘렀다.

샤악!

악마 몬스터가 휘두른 손에 의해 공기 중에 검은 선이 그어지더니 일행을 향해 검기가 날아왔다.

"제길!"

재식이 있는 힘을 다해 방패 능력을 강화했다.

쾅!

겨우 방패 능력으로 검기는 막아냈지만 재식은 뒤로 튕겨 나갔다. 입에서 피를 줄줄 흘리는 재식에게 하은이 달려가 치료해 주었다.

'치료 능력자였나?'

악마 몬스터는 하은을 보고 의미심장한 미소를 지었다.

쾅!

그런 생각을 하는 악마 몬스터의 등에 성준이 검을 내려 찍었다. 악마 몬스터의 등에 실선이 그어지며 땅에 처박혔다.

몸 자체는 단단하지만, 충격량은 어쩔 수 없는 것 같았다.

성준은 악마 몬스터의 견고한 몸에 인상을 찡그렸다. 아직도 문양과의 연결은 끄떡도 없었다.

그 뒤로는 단단한 몸을 바탕으로 성준을 잡으려고 하는 악마 몬스터와 어떡하든지 공격을 피해 반격을 하려는 성준, 그리고 틈을 보아서 악마 몬스터를 방해하는 일행의 물고 물리는 전투가 계속되었다.

"헉헉헉!"

아슬아슬하게 악마 몬스터에게 한 방을 먹인 성준은 이대로는 안 되겠다고 생각했다. 한 방 얻어맞더라도 결론을 내야 할 것 같았다. 멀리 3레벨 엘리트 몬스터가 그들을 향해 다가오는 것이 보였다. 더 늦으면 큰일이 날 것 같았다.

벌써 악마 몬스터의 몸을 몇 번이나 두드렸지만 아무 소용이 없었다. 좀 더 확실한 방법을 찾아야겠다고 생각한 성준은 감각을 최대한 끌어올리기 시작했다. 사용하고 난 후의 몸 상태가 걱정되지만 방법이 없었다.

그리고 먼지 속에서 다시 몸을 일으키는 악마 몬스터를 향해 몸을 던졌다. 악마 몬스터는 고개를 갸우뚱했다. 덤벼오는 인간의 움직임이 갑자기 좋아진 것 같았다. 악마 몬스터는 자신이 점점 밀리는 느낌에 기분이 안 좋아졌다.

성준의 감각은 점점 날카로워졌다. 그는 세상이 다시 뭉개져 보이자 인상을 찡그리다가 악마 몬스터와 문양이 연결된 모습을 확인할 수 있었다. 그동안은 몸 전체와 연결되어 있었는지 보이지 않았으나 지금은 확실하게 문양과 연결된 부위가 보이기 시작했다.

악마 몬스터의 뿔과 연결되어 있었다.

성준은 주먹에 가득 능력을 담아 몬스터의 뿔을 향해 뛰어올랐다. 그의 눈앞에 몬스터의 손톱이 보였지만 성준은 무시하고 뿔을 향해 주먹을 휘둘렀다.

서걱!

쾅!

성준은 가슴을 크게 베이면서 뒤로 튕겨 나갔다. 순간 악마 몬스터가 자신의 뿔을 잡고 괴로워하기 시작했다.

웅웅웅웅!

하늘에 있는 문양이 소리를 내며 울리기 시작했다.

피를 흘리는 성준을 본 하은은 급하게 성준을 향해 치료 능력이 담긴 물 덩어리를 던졌다.

그 순간이었다.

쿠웅!

악마 몬스터에게서 거대한 충격파가 퍼져 나갔다.

"으악!"

제일 가까이 있던 성준은 옆의 건물에 처박혀 버렸다. 그럼에도 다행스러운 점은 하은의 치료의 물을 맞은 뒤였기에 건물에 처박혔음에도 몸 상태가 점점 나아지고 있다는 것이었다.

하지만 오히려 거리가 떨어져 있던 일행이 직접 피해를 받았다. 가까스로 수리 덕분에 몸을 낮춘 하은을 제외한 나머지 일행은 사방으로 튕겨 날려갔다. 다들 부상을 입었고 그들은 하은의 치료가 필요해 보였다.

"악!"

하은이 있는 곳에서 수리의 비명이 들렸다. 충격파에서 하은을 보호하던 수리가 갑작스러운 비명과 함께 튕겨 나갔다. 놀란 하은은 수리에게 물 덩어리를 쏘아 보냈지만, 그때 하은은 뒤에서 누군가 자신의 머리를 잡는 것이 느꼈다.

"잡았다."

악마 몬스터가 하은의 머리를 들어 올렸다.

"남자 놈은 너무 발버둥을 쳐서 잡기 힘들 것 같고, 일은 다 망가져서 던전으로 돌아가야 하는데 결국은 너밖에 없을 것 같구나."

악마 몬스터는 무너진 건물에서 몸을 일으키는 성준을 보고 혀를 차며 한 손을 하은의 등에 쑤셔 넣었다.

푸악!

머리가 잡혀 들린 하은의 가슴으로 악마 몬스터의 손이 튀어나왔다.

순간 모두의 움직임이 멈추었다.

하은은 가슴에 느껴지는 고통에 인상을 찡그렸다가 손을 들어 올려 성준을 향했다. 손끝에서 검은 연기가 올라오기 시작했다.

손끝의 검은 연기를 본 하은은 이제 자신이 죽는다는 것을 알게 되었다. 하은의 머릿속으로 그동안의 인생이 스쳐 지나갔다.

'아!'

하은은 하나의 기억을 떠올렸다.

"나처럼 무엇인가에 집착하면 망가진 가디언이 될지도……."

얼마 전 던전의 불침번 때 수리가 한 말이다.

'집착, 의지.'

하은은 똑바로 성준을 바라보며 입술을 달싹였다.

그리고 자신의 모든 의지를 모아 소망했다. 잠시 뒤 하은은 검은 영기가 되어 사라졌다.

결국 하운은 모두 연기가 되어버렸고, 악마 몬스터의 손에는 환하게 빛나는 구슬이 들려 있다. 악마 몬스터는 사방으로 흩어지려는 영기를 손을 크게 휘저어서 흡수했다.

"가디언 구슬인가? 예상대로 고유 능력자가 맞군. 우선 돌아가서 무슨 능력인지 확인하고 다시 시작해야겠어."

악마 몬스터는 일이 틀어진 것에 혀를 찼다. 하지만 고유 능력을 얻은 것에 만족해하며 공중에 몸을 띄워 뉴욕 몬스터 홀을 향해 날아갔다.

잠시 얼이 빠져 있던 성준은 이를 악물고 몸을 일으켜 피가 흐르는 팔을 대충 옷으로 묶었다. 그리고 악마 몬스터가 사라진 방향을 바라보았다.

가디언 구슬이 된 이상 아직 기회는 있었다. 늦기 전에 악마를 따라잡아야 했다. 멀리 악마 몬스터가 사라진 방향을 바라보던 성준은 하운의 마지막 입 모양을 떠올렸다.

그녀는 연기가 되어 사라지면서도 성준을 향해 미소를 지으며 이야기했다.

"기다릴게요."

**제4장**

탈환 ㅣ

성준은 우선 일행의 모습을 확인했다. 모두 마지막 폭발에 휘말려 조금씩 다친 상태였다. 하은이 없는 지금, 이 자리에서 이들의 상처를 치료할 방법이 없었다.

하늘에 있는 검은 문양은 지상에 있는 모든 영기를 빨아들이고 있었다. 거리를 어슬렁거리는 몬스터들과 사람들을 쫓던 몬스터들도 모두 영기로 변해서 하늘의 문양으로 빨려들어 갔다.

지상의 모든 영기를 빨아들인 문양은 검은 구름으로 변해서 문양이 빠져나온 센트럴파크의 몬스터홀로 다시 빨려들어갔다.

성준과 수리는 일행을 추슬렀다. 조금이나마 괜찮은 사람들이 다른 사람들을 부축해서 그들이 출발했던 작전 본부로 움직이기 시작했다.

일행이 서로 부축하며 느린 속도로 걸어가자 집 안에 숨어서 밖을 내다보던 사람들이 한두 명씩 밖으로 나오기 시작했다. 밖으로 나온 사람 중 어떤 사람은 자신의 팔목을 보고 넘버피플이 된 사실에 울상이 되었고, 어떤 사람은 그저 살아난 것에 대해 감사하는 표정을 지었다.

성준은 거리로 나오는 사람들을 인식하지 못하고 앞으로 걸어가고만 있었다. 그는 자신을 자책하고 있었다. 그동안 계속 승승장구하는 바람에 다른 피해에 대한 대비가 부족했다.

성준이 계속해서 자책하는 모습에 수리가 그를 걱정스러운 표정으로 바라보고 있었다.

한참을 걸어서 작전 본부에 도착한 이들을 보고 부대 전체 사람들이 나서서 환호했다. 부대 사람들이 보기에는 이들은 자신과 뉴욕을 구한 영웅이었다.

성준은 어두운 표정의 일행을 돌아보고 말했다.

"우선 겉으로나마 웃어요. 이 사람들은 저희보다 더 많은 사람들을 잃었어요. 그리고 하은은 제가 기필코 구해오겠습니다."

성준은 하은이 악마 몬스터에게 당해 일행 모두가 큰 충격을 받자 그녀가 가디언 구슬이 된 것을 이야기해 주고 반드시 구해오겠다고 말하며 일행을 안심시켜 주었다.

성준과 일행은 자신들을 환호하는 사람들 사이로 억지로 미소를 지으며 걸어 들어갔다. 성준은 일행을 바로 임시로 만든 의무실로 보냈다.

성준은 의무실에서 치료를 받고 있는 사람들을 보며 자신의 장비를 정비하기 시작했다.

동료들의 부상이 예상보다 심각해 보였다. 하은을 구하기 위해서는 속도가 제일 중요했다. 아무래도 자신 혼자서 움직이는 편이 제일 좋을 것 같았다.

어쩌면 성준의 마음속 깊은 곳에서 자란 죄책감이 그를 혼자서 움직이도록 하고 있는지도 몰랐다.

성준이 장비를 정비하는 모습을 본 수리가 자신이 위로하던 헤라와 다희를 놔두고 성준에게 다가왔다.

성준은 자신을 향해 다가온 수리를 향해 물었다.

"같이 갈 거지?"

수리는 미소를 지으며 자신의 마음속 대답을 했다.

"그럼요, 나의 주인님."

성준은 파랗게 빛나는 자신의 검을 소환 해제한 후 일행이 치료를 받고 있는 의무실로 들어갔다.

성준은 일행을 둘러보고 자신의 결심을 이야기했다.

"지금 저와 수리는 하은을 구하기 위해 출발하겠습니다. 더는 시간을 지체할 수 없습니다. 모두 조금만 기다려 주시면 반드시 하은을 구해오겠습니다. 여러분은 그동안 치료에 최선을 다해주시기 바랍니다."

성준의 말이 떨어지자 성준과 수리의 걱정으로 일시 소란스러워졌다. 하지만 성준의 결심은 굳건했다.

"여기서 그나마 문제없이 움직일 수 있는 사람은 수리와 저뿐입니다. 또한 악마 몬스터의 속도를 그나마 따라갈 수 있는 사람도 저와 수리밖에는 없습니다. 여러분이 치료를 마치고 움직이면 늦습니다."

성준의 말은 결국 모두의 입을 막는 데 성공했다. 성준은 마지막으로 일행을 둘러본 후 깊이 고개를 숙여 보이고 수리와 함께 의무실 밖으로 나왔다. 그곳에는 정 교관이 서 있었다.

"여기서 안의 이야기를 들었습니다. 지금 하은을 구하러 갈 생각입니까?"

성준이 정 교관의 말에 고개를 끄덕였다.

"네, 바로 출발할 생각입니다."

정 교관은 성준과 수리의 걱정으로 안색이 나빠졌다. 정 교관으로서는 그들이 안 가는 편이 오히려 좋을 것 같았다.

"많이 위험할 겁니다. 다시 생각해 보시는 편이 어떻겠습니까?"

성준은 정 교관의 말에 고개를 흔들었다. 자신의 품안의 사람이다. 이렇게 허무하게 보낼 수는 없었다.

"제가 출발한 후 일행을 부탁하겠습니다. 제가 돌아오는 게 늦을 수도 있으니 조 실장과 함께 귀환자 조합을 살펴주시길 부탁하겠습니다."

성준은 정 교관에게 귀환자 조합을 부탁하고 같이 밖으로 나왔다.

"정 교관님하고 같이 갔던 면접 인원들은 괜찮습니까?"

"다친 사람은 좀 있지만 모두 무사합니다."

성준은 오늘 일 중에서 제일 다행스러운 보고를 받은 기분이 들었다. 그는 속으로 정 교관의 지휘 능력에 감사했다.

하은에게 면접자들의 치료를 부탁하러 왔던 정 교관은 다시 면접자들에게로 갔고, 성준은 사령관을 만나기 위해 지휘 차량으로 갔다. 그리고 성준은 사령관에게 단도직입적으로 센트럴파크 몬스터홀로 가기 위한 헬기를 부탁했다.

성준의 이야기를 들은 사령관은 조금 고심하는 눈치였지만 결국 성준의 말을 들어주었다.

성준은 부대에서 전투식량을 조금 구한 후 수리와 함께 급하게 날아온 헬기에 올라타 몬스터홀로 향했다.

수리가 하은의 가디언 구슬을 추적할 수 있어서 다행이었다. 그렇지 않았으면 악마 몬스터를 추적할 방법이 없었을 것이다.

헬기는 금방 몬스터홀의 상공에 도착했다. 위에서 본 몬스터홀은 주위의 피해와는 상관없는 모습으로 조용히 어둠 속에서 문양만이 빛나고 있었다.

성준은 감각을 활성화했다.

—소환진.
—레벨 1. 현재 상태.
—레벨 2. 닫혀 있음.
—레벨 3. 닫혀 있음.
—지구인을 소환해서 레벨 1의 던전에 진입시킴.

다행히 최고 레벨이 3레벨이었다. 성준은 그나마 다행이라는 표정을 지으며 수리와 함께 헬기에서 뛰어내렸다.

성준의 눈앞으로 몬스터홀의 문양이 점점 다가왔다. 성준은 능력을 사용해서 바닥에 내려서서 안고 있던 수리를 내려주었다.

그러자 문양에서 빛이 터져 나왔고, 성준과 수리는 그대로 사라졌다.

성준은 눈앞의 빛이 사라지자 눈을 떴다. 언제나처럼 원형의 공간으로 바닥에 문양이 있는 시작 지점이었다.

성준은 주위에 동료들이 없자 조금은 낯선 기분이 들었다. 하지만 성준의 기분이 나빠진 것을 바로 알아차린 수리가 성준의 손을 잡아주었다.

성준은 자신의 손을 잡은 수리를 바라보았다. 여기에 자신의 가디언이 있다. 성준은 정신을 차렸다. 빨리 하은을 구해 자신과 하은을 기다리는 일행에게 돌아가야 했다.

"으샤!"

성준은 억지로 기운을 내며 자리에서 일어났다. 우선 이곳 던전의 환경을 확인해야 했다. 예상치 못한 환경에 큰 피해를 볼 수도 있었다.

성준과 수리는 시작 지점의 옆쪽으로 크게 구멍이 나 있는 동굴로 들어갔다. 동굴은 대각선으로 점점 높아졌다. 성준은 주위의 공기를 확인했다. 공기는 더 차가워지거나 뜨거워지지 않았다. 다행히 이곳은 춥거나 더운 극한 지역은 아닌 모양이었다.

잠시 뒤 동굴을 벗어나 나타난 장면은 사막과 초원이 공존하는 아프리카의 자연의 한 부분을 보는 것 같았다. 멀리 중앙에 높은 고지대가 희미하게 보였는데 저곳이 중앙인 것 같았다.

성준은 던전이 보여주는 아름다운 자연환경에는 전혀 신경 쓰지 못했다. 그의 관심은 오로지 하은의 구출에 쏠려 있었다. 성준은 약한 고통을 느끼며 감각을 활성화했다. 다행히 감각을 활성화했던 전투 시간이 짧아 큰 무리가 온 건 아닌 모양이다. 주변에서는 몬스터의 흔적이 잡히지 않았다.

성준은 악마 몬스터의 움직임이 궁금해서 수리를 바라보았다. 수리는 정말로 성준의 마음을 읽는 것처럼 바로 성준의 궁금증을 풀어주었다.

"하은의 기척이 던전의 중심으로 이동하고 있어요. 아마 악마 몬스터가 가고자 하는 곳이 보스 존인 것 같아요."

수리의 말에 따르면 하은의 기척은 아무 방해도 받지 않고 빠른 속도로 던전의 중심을 향해 나아가고 있었다. 역시 하늘을 나는 것은 지형지물의 방해를 받지 않아서 속도 면에서 따를 방법이 없었다.

성준은 자신의 검을 소환해 들고 암벽의 한가운데 나 있는 동굴에서 뛰어내렸다. 다행히 높이가 얼마 되지 않아 수리도 무사히 땅에 내려올 수 있었다.

성준은 수리가 내려오자 그녀와 함께 던전의 중앙을 향해 발걸음을 옮겼다.

성준은 조금 걷다가 수리를 안아 들고 달리기 시작했다. 수리가 성준에게 자신을 역소환하고 편하게 달리라고 말했지만 성준은 그럴 생각이 전혀 없었다.

성준은 전에 수리가 한 말을 기억하고 있었다. 성준이 역소환 시에 어떤 느낌인지 궁금해서 수리에게 물어본 것이다.

'하얀 공간 안에 그냥 멍하니 떠 있었어요. 생각은 흐르고 있는데 육체가 있다는 느낌은 전혀 없어요. 그냥 조금 외로울 뿐이에요.'

정말 오랜 시간을 그렇게 외롭게 보냈을 것이다.

그 당시 성준은 수리의 말을 듣고 최대한 수리를 소환한 채로 같이 다녀야겠다고 생각했다.

성준이 달리고 있는 이곳은 마치 사막과 초원의 경계처럼 보였다. 드문드문 나 있는 풀, 풍화되고 있는 돌과 흙, 그리고 물기 없이 말라 있는 나무. 이곳에서는 과연 무엇을 실험하고 있었는지 알 수가 없었다.

성준은 한 걸음에 10m 이상씩 쑥쑥 앞으로 달려나갔다. 거의 전속력으로 달리는 말의 속도와 비슷한 느낌이다. 하지만 수리에 말에 따르면 하은의 기척과 점점 멀어진다고 한다.

성준은 조금 더 참기로 했다. 이 이상 속도를 올렸다간 정작 전투에 쓸 영기가 부족해질 것이 분명했다. 단거리 경기가 아닌 만큼 계속해서 영기를 유지할 필요가 있었다.

그렇게 몇 시간을 달리자 드디어 몬스터들의 모습이 보이기 시작했다. 이제 이곳은 완연한 초원이었다. 넓은 풀밭에 낮은 나무들이 가끔 보이는 이른바 사바나 지역이었다. 그 가운데 마치 초식동물의 떼처럼 보이는 사족보행 몬스터들이 있었다.

몬스터들은 몸 전체에 두꺼운 갑옷처럼 보이는 질긴 피부로 덮여 있고 뿔이 이마 중앙에 나 있었다. 특히 다리가 짧았다. 마치 갑옷으로 온몸을 감싼 아르마딜로에 가까웠다.

수리를 안고 달리던 성준이 움직임을 편하게 하려고 수리를 몸 뒤로 돌려 업었다. 성준은 혹시 몬스터들을 피해 전투 없이 갈 수 있지 않을까 했지만, 성준과 수리가 가까이 가자 몬스터의 눈이 붉게 물들었다.

"뿌우우우!"

초원을 가득 메운 수천 마리 몬스터들의 움직임이 멈추더니 몸을 돌려 성준과 수리를 향해 돌진하기 시작했다. 초원이 몬스터로 가득했다.

"맙소사!"

성준은 깜짝 놀랐다. 다른 던전의 몬스터들과의 반응이 달랐다. 동시에 달려드는 모습으로 보아 아마 악마 몬스터가 무슨 명령을 내렸는지도 몰랐다.

"꽉 잡아!"

성준은 몬스터들이 눈앞에 가까이 오자 땅을 박찼다. 영기 소모가 심하더라도 몬스터들 위로 허공을 박차 뛰어넘을 생각이다.

성준의 생각은 어느 정도 통하는 것 같았다. 성준의 눈 아래로 거대한 몬스터 군단이 지나갔다. 성준은 다행스럽게 생각했다.

그때였다. 몬스터 군단 사이에서 거대한 포탄이 성준을 향해 날아왔다. 둥그렇게 몸을 말은 몬스터가 지상에서 쏘아진 것이다. 성준은 깜짝 놀라 몬스터의 정보를 보았다.

―초원형 설치류 실험체 각성 버전.
―1등급.
―초원과 사막 적응을 확인.
―특이 능력 각성: 영기 탄환.
―강점: 몸 뒤로 영기를 내뿜어 순간적으로 가속, 자신의 강한 육체로 적을 공격.
―단점: 공격 후 방향 전환 불가능.
―적의.

능력을 사용하는 엘리트 몬스터였다. 성준은 다시 한 번 허공을 박차서 몬스터의 공격을 피했다. 하지만 몬스터 무리 안에서 수십 개의 거대한 몬스터 포탄이 튀어나오기 시작했다.

성준은 이를 악물고 감각을 올렸다. 날아오는 몬스터의 속도가 빨라 피하지 않고 그 자리에서 방어했다가는 끝없이 몬스터들의 집중 공격을 당할 판이다.

쾅! 쾅!

성준을 공격하던 몬스터들은 성준이 급하게 몸을 피하자 자기들끼리 부딪치기 시작했다. 하지만 얼마나 몸이 단단한지 큰 충돌음만 들릴 뿐 몬스터들은 피부도 상하지 않았다.

몬스터들은 계속해서 하늘로 쏘아 올라졌다.

시간이 지나자 성준은 결국 피하는 것이 불가능해졌다. 몬스터 포탄들은 성준을 공격하다 마지막에는 성준의 근처에서 자신들끼리 부딪쳐 사방으로 날려갔다. 그렇게 마치 당구의 쿠션 볼처럼 수십 개의 탄환이 사방으로 튕겨 나가자 성준의 능력으로도 도저히 그 궤적을 파악할 수가 없었다.

성준은 결국 회피를 포기했다. 하지만 아직 하나의 방법이 더 남아 있었다. 성준은 우선 다른 방향에서 날아오는 포탄은 최대한 피하고 후방의 탄환이 자신에게 쏘아지자 그 탄환을 향해 주먹을 휘둘렀다.

능력이 가득 담긴 주먹과 탄환이 충돌했다. 탄환은 자신이 출발했던 땅으로 튕겨 나가 박혀 버렸고, 성준은 반대편으로 튕겨졌다.

"됐다!"

성준의 작전은 성공했다. 몬스터의 운동에너지를 이용해서 몬스터들을 뛰어넘는 작전이다.

성준은 그때부터 자신이 가려는 방향의 반대방향에서 날아오는 포탄을 골라 충돌하여 몬스터들 위를 뛰어넘을 수가 있었다. 하지만 몬스터 포탄의 충격은 매우 커서 결국 성준의 입에서는 피가 흐르기 시작했다.

그렇게 피를 흘려가면서 성준은 몬스터 무리를 넘어갈 수 있었다. 수리는 성준의 품에서 성준을 안타깝게 바라보았다.

일반 몬스터라면 자신도 도움이 될 수 있지만, 지금처럼 방어력이 강한 몬스터에게는 자신의 공격이 먹히지를 않았다.

물론 자신의 공격이 통하지 않으면 성준을 제외한 다른 사람의 공격도 쉽게 통하지 않을 것이라는 사실은 그녀도 알고 있다. 하지만 도움이 못 된다는 생각에 그녀는 안타까웠다.

성준과 수리는 몬스터의 무리에서 한참 떨어진 작은 나무숲에 떨어졌다. 다행히 나무들이 시야를 가려줘서 몬스터들은 성준과 수리를 발견할 수 없었다.

잠시 주위를 살피던 몬스터들은 자신들의 자리로 돌아갔다.

성준은 시계와 천장의 빛을 확인했다. 시간이 많이 지났다. 이제야 반 정도를 온 것을 확인한 성준은 수리와 둘만 온

계획에 만족했다. 확실히 모두 함께 움직일 때보다 이동 속도가 빨랐다.

주위를 살피던 성준은 이곳이 그나마 안전한 것을 확인하고는 이곳에서 잠시 쉬며 식사를 하기로 했다. 좀 전에 당한 내상이 걱정되었지만 좀 쉬면 나아지기를 기도하는 수밖에 없었다.

*      *      *

이곳 던전의 몬스터들은 대부분 커다란 군집을 이루면서 움직이고 있었다. 성준과 수리는 거대한 몬스터들의 무리와 수차례 접전을 벌이고 있었다.

츄악!

수리가 휘두른 검에 수리에게 덤벼들던 세 마리의 몬스터가 동시에 머리가 날아갔다. 그리고 그 옆에서는 성준의 주먹에 몬스터 한 마리가 튕겨 나가면서 일대의 몬스터들을 우르르 쓰러뜨렸다. 그러자 몬스터들의 중앙에 커다란 구멍이 생겼다.

"수리!"

성준의 외침에 수리는 번개같이 성준에게 뛰어와 성준의 등에 매달렸고, 성준은 자신이 만들어놓은 빈틈으로 몸을 날렸다. 그들의 주변은 수리의 검이 날아다니며 몬스터들을 날려 버리고 있었다.

그렇게 성준과 수리가 몬스터들을 돌파하고 있을 때 그들의 위로 하늘을 뒤덮은 곤충 떼가 지나가고 있었다.


성준과 수리가 작은 덤불숲에서 몸을 숨긴 채 식사하고 있을 때, 하늘에 한두 마리의 곤충이 보이기 시작했다. 곤충은 마치 메뚜기처럼 보였는데 이 곤충 역시 영기 생명체로 반투명한 몸 안쪽으로 검은 영기가 흐르고 있었다. 성준은 혹시나 싶어 곤충을 잡아보았지만, 이 영기생명체는 영기회복석을 주지는 않았다.

그들이 식사를 마치고 움직이기 시작하자 하늘에서 보이던 곤충들의 숫자가 점점 늘어나기 시작했다. 처음에는 신경도 쓰지 않던 수리마저도 하늘을 바라보며 걱정하기 시작했다.

그리고 성준과 수리가 다시금 거대한 무리를 이루고 있는 다른 몬스터들을 만났을 때는 하늘이 온통 곤충으로 뒤덮여 천장이 보이지 않을 정도였다.

성준은 하늘로 뛰어올라 몬스터들을 넘으려고 했지만 곤충들의 습격에 포기하고 말았다. 곤충들은 지상에 있는 생명체는 공격하지 않았지만, 일정 이상의 높이로 올라오는 생명체에 대해서는 근처에 있는 모든 곤충이 모여들어 공격했다.

처음 성준이 수리를 안고 뛰어올랐을 때 곤충들의 습격에 둘은 목숨을 잃을 뻔했다. 수리의 검과 성준의 주먹으로 겨우 곤충들을 흩어놓아 처음의 자리로 돌아갈 수 있었다.

그 뒤로 성준과 수리는 공중으로 이동하는 것은 포기하고 몬스터 무리와 전투를 하면서 앞으로 나갔다.

이곳의 몬스터 무리는 너무나 많아서 도저히 몬스터를 피해 돌아갈 만한 상황이 되지를 않았다. 마치 아프리카의 들소 떼의 이동을 보는 것 같았다. 더군다나 시간이 없는 그들은 강행 돌파밖에 답이 없었다.

성준이 큰 공격으로 몬스터의 무리에 구멍을 만들어 파고들면 수리가 검을 사방으로 날려 몬스터들의 접근을 막는 방식으로 그들은 몬스터 무리의 중앙을 돌파해 나갔다.

가끔 엘리트 몬스터들의 공격에 위험한 순간도 많았지만, 겨우겨우 이겨내고 빠져나올 수 있었다.

하지만 몬스터 무리는 끝도 없이 나타났다. 처음의 한가했던 던전의 분위기가 마치 꿈만 같았다. 성준과 수리는 점점 한계에 다다르고 있었다.

"헉헉! 아무래도 안 되겠다. 쉴 곳을 찾아야겠어."

다시 한 번 긴 목의 몬스터 무리를 돌파한 성준은 더 이상은 힘들겠는지 잠시 쉬기로 했다.

수리는 이미 성준의 등에 기대어 반쯤 기절한 모양이다. 검을 놓지 않은 모습이 가상했다.

성준은 주위를 살펴서 얼마 떨어지지 않은 커다란 바위 아래의 작은 틈을 찾아냈다. 틈은 그리 크지는 않았지만 두 명이 꼭 껴안으면 안쪽에서 쉴 수 있을 것 같았다.

밖에서는 안심이 되지를 않았다. 몬스터의 무리가 언제 다시 들이닥칠지 몰랐다. 이 작은 틈을 찾아낸 것이 참으로 다행이었다.

성준은 수리를 업고 안쪽을 들여다보았다. 그 틈은 안쪽으로 끝도 없이 이어져 있었다. 성준의 감각으로도 그 끝을 알 수가 없었다.

성준과 수리는 몸을 꼭 붙이고 틈으로 들어가 잠시 쉬기로 했다. 조금이나마 체력을 회복해야지 다시 움직일 수 있었다.

성준은 이 작은 틈새를 보고 처음으로 던전에 들어왔을 때 자신을 살려준 작은 틈새가 생각났다. 얼마 되지 않은 시간에 정말로 많은 일이 일어났다. 성준은 수리와 붙어 있어 생기는 묘한 분위기도 떨쳐낼 겸 안쪽으로 감각을 활성화해서 살펴보았다.

어둡고 깊게 이어진 공간이다. 성준과 수리가 겨우 통과할 수 있는 구멍이었는데 끝이 어디로 이어지는지는 알 수 없었다.

다행히 이 작은 동굴은 몬스터나 동물이 이용한 흔적은 없었다.

단지 많은 곤충이 지나간 흔적이 보인다.

"이런, 수리! 빨리 나가야 해!"

성준은 자신이 발견한 흔적에 놀라 잠깐 잠든 수리를 둘러업고 밖으로 나가려고 했다. 하지만 늦었다.

성준이 나가려고 할 때 동굴 안쪽에서 성준의 몸을 흔드는 고주파 음이 동굴을 지나 던전 전체로 퍼져 나갔다.

그리고 그 고주파 음을 들은 모든 곤충이 지상에 있는 틈새와 동굴로 몰려들기 시작했다.

성준과 수리는 깜짝 놀랐다. 성준은 순간적으로 결정을 내렸다. 이대로는 끝없는 곤충들의 습격을 받을 수밖에 없었다. 성준은 수리를 안고 그들을 향해 몰려오는 곤충들을 손으로 후려쳤다. 능력을 사용한 성준은 동굴의 안쪽으로 수리와 함께 빨려들어 갔다.

성준의 공격으로 잠시 입구에서 튀어나온 곤충들은 다시 성준을 따라서 틈새 안으로 밀려들어 왔다. 허공을 가득 메우던 곤충들은 땅에 나 있는 틈새들로 몰려들어 갔다.

잠시 뒤 하늘을 날아다니는 곤충은 한 마리도 보이지 않았다. 그리고 천장의 빛이 조금씩 어두워지기 시작했다.

밤이 다가오고 있었다.


성준은 자신을 쫓아오는 곤충 떼를 향해 능력을 사용했다.
성준은 더 빨리 밑으로 떨어져 내렸다.

진퇴양난이었다. 틈새는 이미 넓어져서 수직 동굴처럼 되
어버렸다.

위쪽에서는 곤충 떼가 끝없이 밀려 내려오고 있고, 성준과
수리는 이미 낙하 속도 이상으로 가속해서 떨어지고 있었다.

이대로 떨어지다가는 생명을 보장할 수 없을 것이 분명했
다. 성준은 능력으로 사방을 살펴보았다. 분명 뭔가 방법이
있을 것이다.

그렇게 주위를 살펴보는데 갑자기 주변의 벽이 사라졌다.

성준이 놀라 머리 위를 올려다보니 자신과 수리가 떨어져
나온 구멍과 울퉁불퉁한 돌로 이루어진 천장이 보였다. 구멍
에서는 곤충들이 쏟아져 나와 천장을 타고 다른 쪽으로 이동
하고 있었다.

성준은 주변을 살필 겨를도 없이 몸을 회전해 머리를 위로
향하게 하고 밑으로 발을 박찼다. 이유는 모르겠지만 발쪽이
손보다 추진력이 좋았다.

"윽!"

성준의 가슴에서 작게 앓는 소리가 들렸다. 수리가 갑작스

러운 충격에 신음을 내뱉었다.

"아, 미안."

성준이 수리에게 사과하자 수리는 고개를 흔들어서 괜찮다고 표시했다.

성준은 이제 너무 빠르지 않게 떨어지는 속도를 조절하면서 주위를 둘러보았다.

동굴이 어둡기는 했지만, 사방에 빛나는 돌이 박혀 있어서 아예 안 보이지는 않았다. 더군다나 귀환자가 된 후로 강화된 눈은 주위를 살피는 데 크게 어려움이 없도록 도와주었다.

이곳은 거대한 지하 공동이었다. 멀리 곤충들이 떼를 지어 날아가고 있고 공동의 중간중간에는 커다란 석주들이 천장과 바닥을 잇고 있었다.

성준은 바닥을 내려다보았다. 아래에는 커다란 웅덩이가 군데군데 보이고 물 위로 곤충 떼가 지나가고 있었다. 그리고 가끔씩 물속에서 거대한 무엇인가 튀어나와서 그 곤충 떼를 잡아먹고 다시 물로 들어가기도 했다.

성준은 주위를 둘러보다 공동의 가운데를 보았다. 그곳에도 석주가 하나 있었다.

그 석주는 다른 석주보다 훨씬 컸는데 마치 수십 층짜리 고층 빌딩처럼 보였다. 그 석주에는 작은 구멍이 엄청나게 많이 나 있었는데 그 구멍으로 곤충 수만 마리가 들락날락했다.

그것은 마치 곤충들의 성처럼 보였다.

성준은 주위를 둘러보며 내려갈 곳을 살폈다. 다행히 아래에 조그마한 평지가 있었다. 커다란 웅덩이 사이에 보이는 평지는 단단해 보여서 그들이 떨어져 내리기 안성맞춤이었다.

잠시 뒤 성준과 수리는 이상하면서도 신비로운 곤충의 공동에 내려설 수 있었다.

공동을 살펴보고 있는 성준에게 수리가 말했다.

"하은의 기척이 저기 있는 석주 가운데에서 느껴져요."

수리가 가리키는 곳은 이 공동의 중심에 있는 거대한 석주였다. 성준은 수리가 가리킨 석주를 보며 말했다.

"그럼 저곳이 귀환 기둥이 있는 곳이 맞지?"

성준은 전에 수리가 말한 내용이 기억났다. 3레벨의 귀환 기둥은 가디언이 지키고 있던가, 아니면 3레벨 엘리트 몬스터의 둥지가 있다고 했다.

수리는 성준의 말에 동의했다. 성준은 오히려 잘되었다고 생각했다. 곤충들 덕분에 지름길로 오게 된 것이다.

성준은 시간을 보았다. 저녁 7시. 던전에 어둠이 깔렸을 것이다. 평상시 던전에 진입했을 때라면 지금쯤 자리를 잡고 야영 준비를 할 시간이다. 하지만 오늘은 이대로 계속 움직여야 했다.

성준은 이동하기에 앞서서 주위를 둘러보았다. 다행히 지상과 벽, 그리고 천장에 모두 빛나는 돌이 박혀 있어서 어둡게 느껴지지는 않았다. 오히려 우주 한가운데 떠 있는 기분이다. 거기다가 바닥은 커다란 웅덩이들이 빛을 반사해서 더욱 신비스러운 분위기가 났다.

성준은 멀리 보이는 거대한 석주, 아니, 엘리트 몬스터의 둥지를 향하여 움직이기 시작했다.

공동의 천장 아래에서는 곤충들이 떼를 지어 날고 있다. 가끔 아래로 내려오는 곤충 무리도 있었지만, 그 무리는 물웅덩이를 지나가다가 물속에서 솟구쳐 오른 몬스터들의 먹이가 되었다.

그 때문인지 곤충들은 아래쪽으로 잘 내려오려고 하지 않았다.

성준과 수리는 웅덩이 옆에 자연적으로 난 길을 따라 걸었다.

시간이 없어서 서둘러 이동한답시고 웅덩이를 뛰어넘다가 물웅덩이에 있는 몬스터들과 드잡이를 할 필요는 없어 보였다.

성준과 수리는 결국 거대한 석주가 우뚝 솟아 있는 중심부에 다다를 수 있었다.

석주는 마치 거대한 탑과 같았다. 그 거대한 탑의 외벽에는 크고 작은 수백 개의 구멍이 사방으로 뚫려 있었는데 그 구멍으로 엄청난 수의 각종 곤충들이 들락날락거리고 있었다.

성준이 그 구멍 중에 큰 구멍 안을 살펴보자 곤충형의 몬스터가 보였다.

성준과 수리는 웅덩이와 석주, 둥지가 있는 분지의 경계에서 몸을 낮추고 둥지를 살펴보았다.

석주는 사방으로 많은 구멍이 뚫려 있었지만 제일 큰 구멍은 그들이 보고 있는 정면으로 나 있다. 그 구멍이 마치 문처럼 그들을 들어오라고 유혹하는 듯했다.

"귀환 기둥이 있는 곳이 맞나 보네. 모양은 조금 다른 것 같지만 기본 구조는 같아."

성준은 탑 형태의 몬스터 둥지와 자신의 정면에 나 있는 구멍을 보고 고개를 끄덕였다.

"그럼 이곳에 있는 엘리트 몬스터를 죽여야만 보스 존에 들어갈 수 있단 말이지?"

"네, 확실해요."

성준은 수리의 대답에 검을 소환했다.

"그럼 빨리 놈은 잡고 하은이를 구하러 가야겠어."

"하지만 조심해야 할 것 같아요. 우리가 오기 전에 본 그 많은 곤충이 대부분 둥지 안에 있을 것 같아요. 그리고 3레벨 엘리트 몬스터의 둥지이니 다른 몬스터도 많이 있을 확률이 높아요."

수리는 계속 말을 이었다.

"우리가 잘못된 방법으로 들어온 것 같아요. 저 석주는 아마 지상으로 이어져 있을 거예요. 지상에서 저 석주 안쪽으로 들어와서 몬스터들을 잡으면서 밑으로 내려오는 구조인 것 같아요. 마지막에는 엘리트 몬스터가 있고요."

마지막으로 수리는 시간적인 문제를 이야기했다.

"그리고 낮에 진입해야 할 거예요. 낮에는 그나마 곤충들이 밖으로 나가니까 엘리트 몬스터만 상대해도 될 거예요."

수리의 말을 들은 성준은 그녀를 보고 씩 웃었다.

"하지만 우리는 아침을 기다릴 수 없잖아?"

성준은 몬스터의 둥지인 거대한 탑을 향해 걸어가면서 감각을 이 탑 전체로 확장했다. 감각을 확장할수록 머리가 조금씩 아파졌지만 성준은 무시하고 계속 감각을 증대시켰다.

수리는 성준의 행동이 걱정되었지만, 성준에게 방법이 있을 것이라고 믿고 그의 뒤를 따랐다.

성준이 점점 탑에 가까이 가자 천장 아래에서 움직이고 있던 곤충 떼의 움직임이 바뀌기 시작했다. 그리고 구멍 사이로 보이는 몬스터들의 움직임이 활발해졌다.

탑과 공동 전체가 새로운 손님을 맞이해서 기지개를 켜고 있었다.

성준은 주위의 움직임에 신경 쓰며 정면의 큰 구멍으로 들어갔다. 안은 역시 수리의 말대로 엘리트 몬스터의 둥지 모습으로 보였으며 텅 비어 있었다. 거의 축구장만 한 공간이 그 안에 있고 위쪽으로는 끝이 안 보이는 구멍이 뻥 뚫려 있었다.

성준은 내부를 자세히 살펴보았다.

내부는 바닥을 사 등분해 각 중심에 네 개의 기둥이 박혀 있었다. 지름이 4m가 넘는 상당한 두께의 기둥은 이 던전 끝까지 솟아 있었다. 그리고 기둥과 벽, 기둥과 기둥 사이에는 단단하게 보이는 연결선이 서로 얼기설기 단단하게 이어져 있었다.

결국 이곳은 뻥 뚫려 있는 내부 공간에 가느다란 기둥 네 개가 있고 기둥에서 뻗어 나온 각종 연결선이 벽과 기둥을 서로 엮어서 만든 공간이었다.

벽 안쪽으로는 어디까지 이어져 있는지 모를 층계가 보였다. 층계는 벽 안쪽으로 빙 둘러서 만들었는데 아마 이 층계가 보스 존으로 가기 위에 내려오는 길일 것이다.

수리의 예상대로 엄청난 수의 몬스터와 곤충이 보였다.

바닥에는 보이지 않았지만 탑 곳곳에서 몬스터가 보인다. 네 개의 기둥 중간중간에, 그리고 기둥과 벽을 연결하는 연결선 위에, 안쪽 벽 중간중간 등 사방에서 몬스터의 모습이 보였다.

거기다가 멀리 위쪽에서는 곤충 몬스터들이 떼를 지어 날아다니고 있었다. 곤충 몬스터의 무리는 도저히 어디가 끝인지 알 수 없을 정도로 끝없이 펼쳐져 있었다.

마지막으로 이 거대한 탑의 중앙에는 커다란 3레벨 엘리트 몬스터가 있었다.

그 몬스터는 마치 장수풍뎅이를 거대화시켜 놓은 모습이다. 피부가 변해서 생긴 갑옷에 거대한 뿔과 여섯 개의 다리를 가진 곤충이었다. 크기가 워낙 커서 위화감이 느껴졌다. 몬스터의 뿔에서는 계속해서 스파크가 튀고 있었다.

성준은 영기분석으로 엘리트 몬스터를 확인해 보았다.


―귀환 지역 방어 곤충형 각성 버전.

―3등급.

―귀환 지역 방어용.

―특이 능력 각성: 비행, 전격, 곤충 제어.

―강점: 곤충 군단을 이끌고 강력한 방어에 공격도 출중.

―단점: 자체 무게로 비행이 빠르지 않음.

―반수면.


몬스터는 이제야 잠에서 깨어나는 모양이었다.

감각으로 주위를 살피는 성준의 앞으로 몬스터들이 내려

서기 시작했다.

제일 먼저 커다란 거미형 몬스터들이 자신들이 만든 실을 타고 내려와 성준의 앞을 막았다. 그리고 비행형인 곤충 몬스터들이 반투명한 날개를 휘저으며 성준의 위를 날아다니고 있다.

수리는 주위를 둘러보고 얼굴을 굳혔다. 그녀의 예상보다 더 많은 숫자였다. 이대로 싸움이 시작되면 끝이 나지 않을 것 같았다.

그렇게 굳은 표정이 된 수리의 허리를 성준이 붙잡았다. 갑작스러운 성준의 움직임에 놀란 수리가 성준을 바라보자 성준이 외쳤다.

"지름길로 가자!"

성준은 수리의 허리를 감고 발을 박차며 반대편 손에 들려 있는 검의 능력을 끌어올렸다.

웅! 웅! 웅!

성준은 점점 환해지는 검을 들고 몬스터들 사이를 빠져나가기 시작했다. 그는 거미 몬스터 바로 위를 통과했다.

몬스터들이 갑작스러운 성준의 움직임에 반응하자 수리가 반사적으로 검을 날렸다.

성준과 수리는 몬스터들 바로 위를 지나갔다. 수리의 검이 그들이 날아가는 주위의 몬스터들을 베고 지나갔다. 몬스터들의 몸에서 피가 터져 나왔다. 하지만 더 많은 몬스터들이 그들을 좇아왔다.

성준은 자신을 포위한 몬스터들 사이를 빠져나와 눈앞에 나타난 기둥을 바라보았다. 이 기둥은 이 탑을 지탱하는 기둥 중 하나였다.

"첫 번째!"

성준은 이제는 환하게 빛을 뿌리는 검을 기둥에 강하게 찔러 넣었다. 검이 기둥에 꽂히자 성준은 영기 압축 능력을 사용해서 검이 가지고 있는 영기를 터뜨렸다.

쾅!

엄청난 소리와 함께 강한 폭발이 일어나며 단단해 보이던 기둥이 반 이상 사라져 버렸다.

쿠쿠쿠쿵!

거대한 탑이 흔들거렸다. 성준의 감각이 파악한 내용이 맞았다. 성준은 감각으로 건물 전체의 구조를 파악해서 이 건물의 약점을 찾았다. 이 거대한 석주이자 탑은 성준이 방금 부숴 버린 것을 포함해 네 개의 기둥이 지탱하고 있었다. 지금 탑이 흔들리는 것을 보니 기둥을 파괴하면 결국 탑이 통째로 무너질 것이 확실했다.

성준은 계속 수리를 안은 채 능력을 사용해 반쯤 붕괴한 기둥을 걷어찼다. 그 반동으로 성준은 다음 기둥을 향해 날아갔다.

성준이 날아가는 방향으로 몬스터들이 몰려들기 시작했
다.

위쪽에서 대기하고 있던 곤충들도 그들을 향해 움직였다.
보스 몬스터가 잠에서 깨어나 곤충들을 조종하기 시작한 것
이다.

다음 기둥 앞에 도착한 성준은 수리를 내려놓고 영기회복
석을 검에 밀어 넣었다. 최대한 빨리 검의 영기를 회복시켜야
했다.

수리가 성준의 앞으로 나왔다. 성준이 기둥을 부수는 동안
자신이 몬스터들을 막아야 했다. 그런 수리의 모습을 바라보
며 성준은 주먹을 꽉 쥐었다.

검의 능력을 사용할 수 없는 지금 주먹을 믿을 수밖에 없었
다.

이제 시간 싸움이었다. 몬스터들이 그들에게 달려들었다.

**제5장**
탈환 II

쾅!

큰 소리와 함께 건물 전체가 출렁거리기 시작했다. 결국 세 번째 기둥이 터져 나간 것이다. 그 여파로 엘리트 몬스터의 조종을 받고 있던 곤충 일부가 탑을 빠져나갔다. 생존을 목적으로 하는 곤충의 본능이 엘리트 몬스터의 명령을 거부한 것이다.

터져 나간 기둥 앞으로 수리와 성준의 모습이 보인다. 그리고 수리의 주위로 수많은 파편과 검은 영기가 되어 사라지는 몬스터의 모습도 보인다.

성준은 검으로 기둥을 터뜨려 버린 후 바닥에 한쪽 무릎을 꿇고 헐떡거리고 있었다. 수리는 그런 성준의 앞에서 피가 흘러내리고 있는 검을 들고 그를 지키고 있었다.

수리의 전신으로 피가 흐르고 있다. 성준이 두 개의 기둥을 더 부수는 동안 그들에게 쏟아진 수많은 공격을 수리가 막아낸 것이다. 몬스터들의 공격은 그래도 잘 막아냈지만, 곤충들의 공격은 그녀의 검으로도 모두 막아낼 수가 없었다.

수리는 겨우 몸을 똑바로 세웠다. 아직 정신을 잃지 않고 버티는 것만 해도 대단한 일이었다.

쿠웅!

이제까지 곤충들을 조종하느라 움직임이 없던 엘리트 몬스터가 곤충의 조종을 멈추고 몸을 움직이기 시작했다. 지금까지 엘리트 몬스터는 그들의 공격을 지켜보고 있었지만 이제 더 놔두기에는 위험한 상황이었다.

바닥에 무릎을 꿇고 있던 성준은 다리에 힘을 주어 몸을 일으켰다. 그리고 겨우 서 있는 수리를 뒤에서 안았다.

"이제 좀 쉬어도 돼."

수리는 피가 흐르는 얼굴로 성준을 바라보았다.

"아직 기둥이 하나 남았어요. 거기다 엘리트 몬스터도 움직이기 시작했는데요?"

수리의 말에 성준은 남은 하나의 기둥을 바라보았다.

"엘리트 몬스터가 건축학을 알지 못해서 너무 늦게 움직였어. 이 탑을 무너뜨리기 위해서는 세 개의 기둥만 부수면 돼."

끼끼끽! 쿠쿠쿠쿵!

성준의 말이 끝나기가 무섭게 기둥과 벽을 연결하던 연결선이 모두 끊어져 내렸다. 그리고 기둥이 무너지면서 사방의 벽에 금이 가기 시작했다.

이렇게 탑이 붕괴하기 시작하자 탑 안에 있던 몬스터들과 곤충들이 사방으로 날뛰기 시작했고, 엘리트 몬스터도 자신 위로 쏟아지는 건물더미에 정신을 차리지 못했다.

그사이에 성준은 수리를 안고 전방의 입구를 향해 몸을 날렸다. 홀을 가로지르는 성준의 옆으로 돌, 기둥, 몬스터들이 쏟아져 내렸다.

성준이 겨우 수리를 안고 탑을 빠져나오자 거대한 석주는 그 바닥부터 무너져 내리기 시작했다.

"크아아아앙!"

무너져 내리는 자신의 둥지 안에서 분노에 찬 엘리트 몬스터의 괴성이 온 공동에 울려 퍼졌다.

무너지는 석주를 뒤로하고 성준은 수리를 안고 있는 힘껏 달렸다. 수리의 상처가 가벼워 보이지 않았다. 이대로 전투를 속행하기는 힘들어 보였다.

성준은 다행히 무너지는 석주의 여파를 피해서 물웅덩이가 있는 곳까지 오는 데 성공했다.

"고생 많았어."

수리를 조심스럽게 바닥에 내려놓으며 성준이 말했다. 수리는 고개를 흔들어 괜찮다는 표시를 했다. 말하기도 힘든 모양이다.

성준은 뒤를 돌아보았다. 조금 전까지 거대한 탑이 있던 자리는 이제 연기만이 가득했다.

그 연기 사이로 곤충 무리가 의미 없이 떼를 지어 날아다니고 있다.

슈우우우!

무너진 탑 잔해에서 검은 영기가 솟구쳐 올라왔다. 그리고 그중 일부가 성준과 수리를 향해 날아왔다. 탑 안에 있던 그 많은 몬스터의 수를 생각하면 수리와 성준이 얻게 되는 영기의 양은 가늠할 수 없었다.

잠시 뒤 탑의 잔해에서 나오던 영기가 모두 사라졌다. 성준은 자신과 수리의 성장치를 확인해 보았다.

수리는 드디어 성장치를 100으로 다 채웠다. 하지만 성준은 80에서 멈춘 상태였다.

"레벨 차이가 심할수록 얻는 영기가 적은 모양이네."

예상보다 적었다. 문득 성준은 스치는 생각에 손에 들린 검을 영기분석 해보았다.

검의 성장치도 100을 채웠다.

"이 녀석이 또 나누어 가졌네."

성준은 이제 포기한 목소리로 말했다.

수리의 숨소리가 많이 안정된 것이 느껴졌다. 성장치가 오르니 조금 괜찮아진 모양이다.

성준은 짐에서 구급상자를 꺼내 수리의 상처를 치료했다.

하은이 일행의 치료를 맡은 후로는 꺼내보지 못한 구급상자인데 이제 다시 필요하게 되었다.

수리의 상처에 붕대를 감아주고 있을 때다. 하늘에서 의미 없이 배회하던 곤충들의 움직임이 바뀌었다.

곤충들은 점점 크게 무리를 짓더니 주변을 살피는 것처럼 하늘을 배회했다.

잠시 뒤 곤충 떼는 성준을 향해 밑으로 쏟아져 내려왔다. 엘리트 몬스터의 곤충 제어 능력이 다시 활성화된 것이다.

'이럴 줄 알았지.'

성준은 바로 수리를 안고 물웅덩이 사이의 길로 달려갔다.

성준이 엘리트 몬스터를 정보 분석과 감각으로 확인한 결과, 이 정도의 붕괴로는 엘리트 몬스터의 갑옷을 깨뜨릴 수 없다고 확신했다.

그래서 다친 수리를 안고 이곳, 물웅덩이가 있는 곳까지 달려온 것이다.

하나로 뭉친 곤충 떼는 거대한 무리를 이루면서 물웅덩이 사이를 달리는 성준의 뒤를 쫓았다.

그렇게 새까맣게 물웅덩이 위를 뒤덮으며 지나가는 곤충들 아래로 물웅덩이 속의 붉은 두 눈이 번뜩였다.

푸아악!

물웅덩이에서 몬스터의 긴 목이 솟구쳐 올라왔다. 마치 중생대의 긴 목 공룡을 보는 듯했다. 몬스터는 물 위로 솟구쳐 올라와 입을 크게 벌렸다. 크게 벌린 몬스터의 입에서 혀가 빠져나와 끝도 없이 길어지더니 채찍처럼 곤충들 사이를 휘저었다.

그러자 몬스터 주위를 지나가던 곤충들이 추풍낙엽처럼 물웅덩이에 떨어졌다.

하지만 그전과는 다르게 곤충들은 달아나지 않고 성준을 쫓는 무리 중 일부가 분리돼서 몬스터를 공격하기 시작했다. 곤충을 지배하는 엘리트 몬스터의 명령으로 자신을 공격하는 모든 생명체를 공격하기 시작한 것이다.

성준은 수리를 안고 빠른 속도로 물웅덩이 사이를 지나갔다.

성준을 쫓던 곤충들은 물웅덩이에서 튀어나온 몬스터들에게 차츰 숫자가 줄어들었다.

성준은 그렇게 곤충들을 유인해 물웅덩이에 사는 몬스터

들과 싸움을 붙이고 다시 무너진 탑의 잔해가 있는 곳으로 돌아왔다.

아직도 성준의 뒤쪽에서는 물웅덩이의 몬스터들과 성준을 쫓던 곤충들이 서로를 공격하느라 여념이 없었다.

"크아앙!"

그때 무너진 탑의 잔해 속에서 몬스터의 괴성이 울려 퍼졌다. 탑의 잔해가 움찔거리기 시작했다.

성준은 수리를 물웅덩이 옆에 조심스럽게 내려놓고 검을 소환했다.

그리고 전방을 바라보며 말했다.

"이놈은 이제 내 몫이야. 잘 지켜봐."

성준은 수리를 슬쩍 바라보고는 탑의 잔해를 향해 걸어갔다.


성준은 아직도 연기가 피어오르고 있는 탑 앞에 서서 검을 땅에 꽂고 들썩이는 잔해를 바라봤다.

"빨리 나와."

쿠앙!

성준의 말이 끝나기가 무섭게 들썩이던 잔해가 터져 나갔다.

"쿠아아아아!"

장수풍뎅이처럼 생긴 엘리트 몬스터가 뿔을 높이 치켜들고 괴성을 질렀다. 엘리트 몬스터는 크게 화가 난 상태였다.

성준뿐만이 아니라 물웅덩이에서 몬스터들과 싸우고 있는 자신의 곤충들을 보고 더욱 분노하며 앞에 서 있는 성준을 바라보았다.

퍼퍼퍼퍽!

몬스터의 얼굴에 힘줄이 돋더니 뿔에서 스파크가 튀어 오르기 시작했다. 스파크는 점점 커지더니 성준을 향해서 전격이 되어 쏟아졌다.

성준은 전격이 자신을 향해 쏟아지기 전에 감각으로 미리 알고 공중으로 뛰어올랐다.

몬스터는 성준이 공중으로 높이 뛰어오르자 겉 날개를 열어젖혔다. 그리고 속 날개를 꺼내 들고 빠르게 날갯짓을 시작했다.

부우우웅!

땅 전체에 먼지를 날리면서 몬스터도 위로 떠올랐다.

둘의 전투는 무척이나 치열했다. 몬스터의 전기 공격은 공중에서 매질도 없이 퍼져 나가 성준을 깜짝 놀라게 했다.

반대로 자신의 전기 공격을 허공에서 방향을 바꾸어 피하는 성준의 모습은 무거운 몸 때문에 움직임이 빠르지 못한 엘리트 몬스터를 긴장시켰다.

하지만 성준은 뒤로 밀리기 시작했다. 성준의 공격은 엘리트 몬스터의 두꺼운 외피를 뚫지 못했다. 성준의 주먹에 의해 몬스터가 몇 차례 땅에 처박히기는 했지만 튼튼한 엘리트 몬스터는 바로 몸을 추슬러 공중으로 날아올랐다.

쾅!

"콜록! 상성이 안 좋아."

성준은 땅에 처박혀서 콜록거렸다. 몬스터의 전격 공격을 피하다 몸통 박치기에 당한 것이다. 성준의 공격에 큰 피해를 입지 않자 엘리트 몬스터는 성준의 공격은 신경도 쓰지 않고 마구잡이로 공격에 나섰다.

그 때문에 성준은 몬스터의 공격을 피하기만 하다가 이렇게 한 대 맞은 것이다.

바닥에 처박힌 성준의 앞으로 몬스터가 천천히 내려왔다. 그런 몬스터의 뿔에서 다시 전격이 생성되기 시작했다.

성준은 눈앞에 내려오는 몬스터를 보다가 자신의 검을 바라보았다. 검이 환하게 빛이 났다.

"능력을 쓰고 나면 회복이 정말 느려. 회복석이 없으면 답이 없어."

마지막 기둥을 파괴할 때 회복석을 다 써버린 성준은 영기 압축을 쓰고 나면 영기가 죽도록 안 차는 검의 모습에 한숨을 내쉬었다. 좀 전에야 영기가 가득 차서 영기 압축을 시작한 성준이 한눈을 판 사이에 한 대 맞은 것이다.

영기가 압축된 것을 확인한 성준은 다시 검을 고쳐 잡고 눈앞에 보이는 몬스터를 향해 뛰쳐나갔다.

엘리트 몬스터는 자신을 향해 돌진하는 성준을 보고 오히려 반가워했다. 그동안 요리조리 피해 다녀 공격하기가 힘들었는데 이렇게 접근해 주니 고마웠다. 몬스터는 더욱 전격을 모았다. 자신의 주변 전체에 전격을 걸어서 통구이로 만들어 버릴 생각이다.

성준은 그대로 몬스터의 정면에 도달해 검을 몬스터의 얼굴에 꽂았고, 몬스터도 그동안 모은 전격을 터뜨렸다.

쾅!

지지직!

성준의 몸에 전기가 튀어 올랐고, 동시에 몬스터의 얼굴에 구멍이 뻥 뚫렸다. 성준은 온몸에 흐르는 전류에 몸을 덜덜 떨면서 반대쪽 주먹을 방금 만든 얼굴의 구멍 속에 처박았다.

펑!

몬스터의 얼굴 안쪽에서 무엇인가 터지는 소리가 들렸다. 성준이 손을 빼자 구멍 안에서 몬스터의 뇌 조각이 뭉개져서 흘러나왔다.

뇌가 박살나자 엘리트 몬스터의 날갯짓이 멈추고 이내 바로 아래의 땅과 충돌했다. 성준도 몬스터에게서 손을 빼며 밑으로 추락했다.

"으윽!"

성준은 온몸에 느껴지는 고통에 인상을 쓰며 누운 상태로 상체를 세웠다.

성준의 앞에서 거대한 몬스터의 몸이 영기가 되어 사라지고 있다.

성준은 무의식적으로 뒤쪽에 대고 소리쳤다.

"하은아! 치료……!"

성준은 말을 다 마치지 못하고 입을 다물었다. 그리고 이를 악물고 몸을 일으켰다.

온몸에 아직도 전기가 흐르는 느낌이 있지만 참을 만했다. 전기가 채 쏟아지기 전에 몬스터가 끝장나서 천만다행이었다.

성준은 몬스터가 모두 연기가 되어 사라지자 절뚝거리면서 몬스터가 있던 자리로 움직였다. 그리고 그곳에서 몬스터가 남긴 구슬을 찾아냈다.


─영기보석 영기 비행 레벨 3.

─레벨 3 영기 성장치 100 검투사를 4레벨 검투사로 만듦.

─레벨 4 이하의 검투사의 영기 성장치를 증가시킴.

─영기를 소모하여 비행이 가능하도록 함.

―레벨이 증가할수록 속도가 증가, 영기 소모량이 감소함.

―적용 방법: 먹기.


드디어 나왔다. 성준은 입맛을 다셨다. 하지만 자신은 이미 4레벨이라서 소용이 없었다. 성준은 멀리 앉아 있는 수리를 바라보았다. 수리가 자신을 보고 미소 짓고 있다.

성준은 주위를 둘러보았다. 잠시 주위를 살피던 성준은 귀환 기둥을 찾았다. 역시 엘리트 몬스터가 튀어나온 그곳에 귀환 기둥이 있었다.

성준은 구슬을 들고 수리에게로 갔다. 그리고 바로 수리에게 구슬을 주었다.

"3레벨 구슬이야. 레벨 업하면 회복 효과가 있으니 몸이 많이 좋아질 거야."

수리는 두 손으로 구슬을 받아 들었다. 이 몸 상태로는 그에게 도움이 되지 못했다. 수리는 성준에게 고개를 숙이고 구슬을 입에 넣었다.

수리는 성준이 지켜보는 가운데 4레벨이 되었다.


―가디언 정보.

―영기 레벨 4.

―영기 성장치 0.

―영기 100.

―영기 검사 레벨 3, 정보 교환 레벨 3, 피부 강화 레벨 2, 비행 레벨 1.

―영기화된 수리 전용 장검, 영기화된 림족 전사 전용 창.

―영기 능력치 190.

―마스터: 최성준.


수리는 몸을 일으켜 조금씩 움직여 보았다. 그리고 검을 소환한 수리는 이리저리 검을 움직이더니 성준을 보고 환하게 웃었다.

"많이 괜찮아졌어요. 이제 싸울 수 있어요."

성준은 안심이 되어 크게 한숨을 내쉬었다. 마음속으로 걱정을 많이 했다. 그는 자신의 손을 꽉 쥐어보았다. 손에서 힘이 느껴졌다.

상처와 피로로 몸이 많이 안 좋았지만 다행히 영기를 대폭 흡수해서 상쇄되었다.

성준은 몸을 풀고 있는 수리에게서 고개를 돌려 자신들을 쫓던 곤충들이 어떻게 되었는지 물웅덩이를 살펴보았다.

성준에게 엘리트 몬스터가 죽자 웅덩이에 있는 몬스터들과 싸우던 곤충들은 모두 날아가 버렸다.

곤충들이 도망치자 물웅덩이들에서는 몬스터들이 물에 떨

어진 곤충들을 먹느라 난리였다.

성준은 고개를 갸웃거렸다. 한 웅덩이에서는 몬스터의 모습은 보이지 않고 물 표면만 마구 튀어 올랐다.

성준이 제일 먼저 옆으로 지나간 물웅덩이였다. 성준은 호기심에 수리와 함께 그 웅덩이로 다가갔다.

물웅덩이에서는 물에 떨어진 곤충을 영기 물고기들이 신나게 잡아먹고 있었다.

성준은 헛웃음이 나왔다.

이 웅덩이는 곤충과 몬스터의 싸움에서 곤충이 이긴 것 같았다. 몬스터는 영기로 변해 사라졌지만 덕분에 물 위에 떨어진 곤충을 물고기들이 먹느라 난리였다. 어떻게 몬스터와 물고기가 같이 살고 있었는지는 모르겠지만, 전에 물고기를 기르는 것처럼 보이던 나무 몬스터의 경우도 있던 만큼 그러려니 했다.

성준은 검을 소환해서 물에 밀어 넣었다. 물고기들이 최후의 만찬도 다 즐기지 못하고 구슬로 변했다.

"그런데 이걸 어떻게 다 줍지?"

성준은 보람이 없다 보니 구슬을 주우러 다닐 생각에 골치가 아파왔다. 성준은 능력을 사용해서 물 위로 올라갔다.

쓰윽~

그런 성준의 옆으로 수리가 미끄러지듯 지나갔다. 수리는 물 위를 낮게 날면서 물에 검을 휘저어 나갔다. 그러자 사방에 흩어져 있던 구슬이 검으로 딸려왔다.

성준은 그 모습을 보고 미소를 지었다.

잠시 뒤 수리는 구슬을 모두 회수해 성준에게 건넸다. 성준은 다른 물웅덩이를 잠시 바라보다 몸을 돌렸다. 다른 웅덩이의 몬스터들과 싸우느라 시간을 낭비할 수 없었다.

잠시 후 그들은 무너진 탑의 잔해 가운데 있는 귀환 기둥 앞에 섰다.

그 기둥에는 평범하게 보스 존에 갈 방법만 적혀 있었다. 성준은 그 글을 보고 뒤에 수리의 일행이라고 적은 후 수리를 돌아보았다.

"이제 갈까?"

수리는 그렇게 말하는 성준의 모습을 보다가 성준에게 다가왔다.

성준 앞에 선 수리는 성준의 얼굴을 빤히 바라보았다. 그리고 수리의 입술이 성준의 입술과 맞닿았다.

잠시 뒤 뒤로 물러선 수리는 붉어진 얼굴로 성준을 보며 말했다.

"이제 하은을 구하면 제 마음을 따로 표현할 시간이 없을 것 같아서요."

수리는 고개를 숙이고 성준의 옆으로 움직이며 작게 말

했다.

"이제 그만 가요."

그런 수리의 허리를 성준이 휘어잡고 수리를 자신에게 끌어당겼다. 그리고 성준은 수리에게 깊게 키스를 했다.

이어 성준은 귀환 기둥에 다른 한 손을 올렸고, 그들은 빛을 내며 사라졌다.


악마 몬스터는 거대한 콜로세움의 객석 한가운데 앉아 있었다.

그곳은 마치 VIP석처럼 되어 있었다. 돌로 만들어진 좌석 이외에는 아무것도 꾸며진 것이 없었지만 넓고 시야가 환하게 뚫려 있었다.

악마 몬스터가 앉아 있는 의자 옆에는 키가 3m 정도로 보이는 몬스터 한 마리가 멍하니 서 있었다. 그 몬스터는 머리에 뿔이 나 있었고 마치 날개 달린 사자가 두 발로 서 있는 것처럼 보였다.

악마 몬스터는 옆에 서 있는 그 몬스터의 옆구리에 손을 박아 넣고 있었다.

"이제 얼마 남지 않았군. 밖에서 일만 잘되었으면 문제없이 영기를 회복했을 텐데 일이 꼬여서 나 자신의 아바타를 도로 흡수해야 하다니 웃기는 일이야."

악마 몬스터의 눈에는 그의 아바타인 보스 몬스터에서부터 자신에게 흐르는 영기의 모습이 보였다.

"내 영기로 만들어놓고 다시 흡수하다니 이 얼마나 어이없는 일이냐. 낭비되는 영기가 엄청난 양일 텐데. 미쳐 버리겠군."

악마 보타스는 외부 던전이 초기화된 것을 알고 나자 바로 자신의 아바타가 떠올랐다.

인간들의 영기를 먹을 수 없으면 자기 자신의 영기로 채우면 되었다.

그걸 기억해 낸 악마 몬스터는 하은의 영기를 흡수한 뒤, 곧바로 그녀의 가디언 구슬을 들고 이곳 보스 존으로 들어온 것이다.

원래대로라면 악마 보타스 자신이 영기 생명체이기 때문에 다른 영기 생명체나 몬스터의 영기는 흡수할 방법이 없었다.

그래서 이번에 발견된 동족 영기 흡수 능력이 엄청난 것이다.

하지만 자신의 아바타는 자신의 영기로 만들어진 것이었다. 자기 자신의 영기와 아바타, 둘의 영기는 같은 것이었다. 그렇지만 문제가 하나 있었는데 자신의 아바타를 다시 회수하면 이 던전에 자신이 묶여 버리게 되는 것이다.

"오랜 시간 이곳에 묶여 있어야겠어. 기본적인 치료가 끝나면 영기 회복이 빨라질 테니 다시 아바타를 만들어낼 수 있겠지."

악마 몬스터는 다른 쪽 손을 펼쳤다. 그곳에는 빛이 나는 구슬이 있다. 몬스터는 인상을 찡그렸다.

"운이 안 좋군. 정신 방어라니……. 크게 필요한 능력이 아니야. 본성의 연구팀들은 좋아하겠지만 직접적인 강함에는 관계가 없으니 지금 나에게는 소용이 없어."

몬스터는 성준의 모습을 떠올렸다.

"역시 인간 남자 쪽을 끝까지 잡아야 했나?"

잠시 생각에 잠겨 있던 악마 몬스터는 좀 더 시간을 들이기로 했다.

어차피 동족 영기 흡수를 가진 놈한테는 더 숨어 있어야 했다.

이대로 능력을 회복하고 보스 몬스터를 다시 만들어놓은 후 남자 쪽을 찾아봐야 할 것 같았다.

\*       \*       \*

보스 존 시작 지점의 석실 안, 그곳에 나타난 성준과 수리는 얼굴을 붉힌 채로 서로를 외면하고 있었다. 보스 존에 들어오기 전에 한 키스는 둘의 분위기를 핑크빛으로 만들어 버렸다.

짝! 짝!

성준은 두 손으로 얼굴을 때리며 정신을 차렸다. 여기서부터는 위험한 지역이다. 이제 집중해야 했다.

"수리, 이제 보스가 있는 콜로세움으로 들어갈 거야."

성준의 말에 수리도 정신을 가다듬고 대답했다.

"네."

"우선 목표는 상황을 파악하고 하은의 구출이야. 하은을 구출하면 다시 시작 존으로 와서 정비할 거야. 악마 놈이 이곳까지 들어올 수 있을지는 모르겠지만 최선을 다해봐야지."

"그런데 콜로세움을 들어가면 입구가 쇠창살로 막히던데 이곳으로 돌아올 수 있을까요?"

"지난번 콜로세움에서 싸울 때 엘리트 몬스터가 광선으로 색석을 박살 내는 모습에서 확인했어. 쇠창살은 끄떡없었는데 옆의 벽이 박살 나서 통로로 들어갈 수 있겠더라고. 내 검의 영기 압축도 대충 비슷한 공격력이니 해볼 만할 거야."

수리는 성준의 설명을 이해했다.

그리고 두 사람은 시작 지점 한쪽 벽에 있는 통로로 들어갔다. 이곳의 구조는 저번에 본 3레벨 보스 존과 같이 아치형의 천장과 돌벽, 그리고 돌바닥으로 이루어져 있었다.

성준과 수리는 넓은 통로를 지나갔다. 둘만 움직이는 통로는 조금 쓸쓸한 느낌이 들었다.

잠시 후 두 사람은 콜로세움을 보게 되었다. 전과 마찬가지의 구조로 일반 콜로세움을 몇 배나 뻥튀기한 모양이다. 성준은 정면 객석에 있는 두 마리의 몬스터를 보았다.

하나는 밖에서 만나 성준이 이를 갈고 있는 악마 몬스터이고, 다른 하나는 뿔 달린 서 있는 사자처럼 보이는 몬스터였다.

성준은 둘의 이상한 모습에 고개를 갸웃거렸다. 멍청하게 서 있는 사자 몬스터의 모습이 수상했다. 그는 바로 몬스터에게 영기분석을 사용했다.

*—XXX 아바타.*
*—4등급—현재 3등급.*
*—XXX의 던전 관리용 아바타.*
*—능력 사용 불가능.*
*—약점: 본체에 흡수되는 중.*
*—본체: XXX.*
*—무의식.*
*—대상의 본체 능력에 의해 정보가 일부분 제한됩니다.*

본체에 먹히는 모양이었다. 서둘러야 했다. 만약 흡수가 끝나서 본체가 다시 5레벨이 되면 하은의 구출이 더 힘들어 질 게 뻔했다.

성준은 감각을 활성화해서 악마 몬스터를 살폈다.

'찾았다.'

성준은 악마 몬스터의 손에서 새어 나오는 빛을 확인했다. 가디언 구슬의 빛이다. 아직 늦지 않은 모양이었다.

"하은이가 악마 몬스터의 손에 있어."

성준이 수리에게 짧게 알려주자 수리는 바로 알아들었다.

그들은 콜로세움 안으로 들어섰다.

전과 같이 성준과 수리의 뒤에서 쇠창살이 천천히 내려왔다. 하지만 성준은 뒤에서 내려오는 쇠창살에는 신경 쓰지 않았다.

그렇지만 악마 몬스터는 그 소리에 고개를 돌려 성준을 바라보았다.

"놀랍군. 이곳까지 쫓아올 줄이야."

악마 보타스는 기분이 좋아졌다. 인간의 만용은 언제나 즐거움의 대상이었다.

이번에도 먹이가 자신의 던전을 제 발로 찾아온 것이다.

한데 악마 보타스는 조금 고민스러웠다. 지금 아바타의 흡수를 중단하면 다시 흡수하기가 꽤 불편했다.

그는 잠시 엘리트 몬스터들을 보내 싸움을 붙일 생각을

했다.

"아차차, 그렇게 당하고선 또 이런 생각을 하고 있군."

악마 몬스터는 결국 보스 몬스터의 허리에서 손을 뽑았다. 보스 몬스터는 그 자리에 허물어져 버렸다.

"방심은 없다. 회복이 늦더라도 최선을 다해주마."

악마 몬스터는 자리에서 일어나 손을 들어 올렸다. 성준과 소리가 나온 방향이 아닌 다른 세 곳의 쇠창살이 위로 올라가며 몬스터들이 등장했다.

통로 전체를 가득 메우면서 전면에서 뱀 몬스터가 몸을 드러냈다.

왼쪽에서는 거대한 곰처럼 보이는 몬스터가 등장했고, 반대편 통로에서는 화려한 깃털을 가진 늑대처럼 보이는 몬스터가 모습을 드러냈다.

성준은 빠르게 훑어보았다. 마찬가지로 3레벨 엘리트 몬스터 하나와 2레벨 엘리트 몬스터 두 마리였다.

"뱀처럼 생긴 3레벨 엘리트의 능력은 독, 피부 강화, 비늘 투척이고, 곰처럼 생긴 2레벨 엘리트의 능력은 힘 강화, 음성 충격파, 마지막으로 늑대 같은 놈의 능력은 발톱 강화, 치료야."

성준의 말에 수리는 검을 고쳐 쥐었다.

"몬스터들은 제가 맡을게요. 어서 하은을 구해요."

"모두 맞상대만 해. 하지만 가능하면 늑대 놈은 꼭 잡아. 치료 능력이 나올 확률이 있어. 우리에겐 그 능력이 필요해."

성준의 말에 수리는 고개를 끄덕였다. 성준은 검을 뒤의 벽에다 대고 그동안 압축시켜 놓은 영기를 터뜨렸다.

쾅!

성준의 뒤쪽 콜로세움 벽이 엄청난 소음과 연기로 뒤덮였다.

"지금!"

성준은 연기를 뚫고 악마 몬스터를 향해 튀어 나갔고, 수리는 늑대 형태의 2레벨 몬스터를 향해 날아갔다.

"어서 와라!"

자신을 향해 날아오는 성준을 보고 악마 보타스는 씩 웃었다. 어차피 이 인간과는 얼마 전에 싸워봤다. 시간도 충분하고 상처두 많이 회복되었으니 천천히 요리하면 되었다.

쾅!

성준과 악마 보타스는 관객석에서 충돌했다. 성준은 뒤로 튕겨 나갔고, 악마 보타스는 한 걸음 물러섰다. 악마 보타스는 인상을 찡그렸다. 자신이 강해진 만큼 인간도 강해진 것 같았다.

'어차피 소용없는 일.'

악마 보타스는 상관없다고 생각하며 가디언 구슬을 돌 의자에 던져 놓고 성준의 뒤를 따라 몸을 날렸다.

악마 몬스터의 공격으로 뒤로 날아가던 성준의 눈이 빛났다. 구슬이 몬스터의 손에서 벗어난 것이다.

성준은 감각을 최대로 올리고 검에 절단강화를 걸어 악마 몬스터의 무차별적인 공격을 막아냈다.


수리는 눈앞에 보이는 2레벨 몬스터를 보고 검을 굳게 쥐었다. 이제야 완전히 자신의 본래 능력이 돌아왔다. 수리는 비행 능력 외에는 아무 능력도 사용하지 않고 눈앞의 5m 정도의 거대한 늑대 형태의 엘리트 몬스터에게 뛰어들었다.

수리는 몬스터의 발톱을 검으로 흘리고 다른 쪽 팔로 늑대 몬스터의 팔을 쓱 휘감았다. 이어 수리는 자신을 스쳐 지나가는 몬스터의 팔을 타고 몬스터의 가슴으로 접근했다.

수리가 지나가는 몬스터의 팔에서 사방으로 피가 뿜어져 나왔다. 수리가 팔을 타고 내려가면서 검으로 힘줄을 베어버린 것이다.

하지만 수리가 가슴에 도착했을 때엔 몬스터의 팔은 거의 재생돼 가고 있었다.

수리는 몬스터의 팔이 치료되는 것은 신경 쓰지 않고 몬스터의 가슴에 발을 디디고 비행 능력을 사용해 위로 솟구쳤다.

수리가 지나간 가슴에서도 피가 뿜어져 나왔다. 비행 중에는 다른 능력을 사용할 수 없었지만, 수리는 아무 상관이 없었다.

몬스터는 계속해서 수리에게 베여 나갔다. 그런 수리를 향해 다른 몬스터들이 달려들었다.


성준은 필사적으로 악마 몬스터의 발톱을 막아 나가면서 최대한 가디언 구슬 방향으로 향하려고 노력했다. 그 탓에 성준의 몸에 조금씩 상처가 늘어갔다.

성준이 점차 몬스터의 공격을 막기가 힘들어져 가는 것을 느낄 때 수리의 목소리가 들려왔다.

"잡았어요!"

수리의 목소리에 성준은 수리를 향해 고개를 돌렸다.

수리가 곰과 뱀 몬스터의 협공을 피하면서 위로 솟구치고 있었다. 그런 수리의 손에는 구슬 하나가 들려 있었다.

수리가 결국 몬스터들의 공격을 피하면서 늑대 엘리트 몬스터의 목을 베어버리는 데 성공한 것이다. 성준의 영기분석으로 파악한 바로는 치료 구슬이었다.


"어디서 한눈을!"

성준이 고개를 돌리자 악마 몬스터가 성준을 향해 손을 들어 올렸다. 악마 보타스는 이번 공격에 자신이 있었다. 한눈을 판 상태로는 자신의 이번 공격을 피할 수 없었다.

성준이 다시 고개를 돌리자 정면에 영기가 뭉치는 것이 보였다. 성준은 정면을 향해 절단강화가 걸린 검을 휘둘렀다.

쾅!

성준의 정면에서 폭발이 일어나면서 성준이 뒤로 튕겨 나갔다. 성준은 그대로 보스가 앉아 있던 의자에 처박혔다.

'윽, 잡았다.'

머리에 피를 흘리면서 비척거리는 성준의 손에는 빛나는 구슬이 들려 있었다.

악마 보타스는 깜짝 놀랐다. 인간이 자신의 공격을 파악해서 생성 지점의 영기를 베어버린 것이다. 더군다나 그는 자신의 복제 옆으로 튕겨 나갔다.

이대로 복제가 당하면 자신은 회복할 방법을 찾기가 쉽지 않았다.

악마 몬스터는 성준을 향해 쏘아져 나갔다. 성준은 감각으로 바로 상황을 파악하고 어느새 자신의 앞에 도착한 몬스터의 공격에 검을 가져다 댔다. 그리고 몬스터의 공격에 자신의 몸을 실었다.

성준은 보스의 공격에 옆으로 튕겨 나갔다. 허공에서 성준은 이를 악물고 몸을 회전하며 허공을 박차 자신이 나온 통로를 향해 쏘아갔다.

악마 몬스터는 진퇴양난에 빠졌다. 성준을 쫓기에는 자신의 복제가 걱정되었고, 이대로 성준을 놓치자니 아쉬웠다.

악마 몬스터가 잠시 주춤하는 사이 성준은 쇠창살 옆에 자신이 좀 전에 부숴놓은 벽을 통해 통로로 쑥 들어갔다. 바로 이어 몬스터들을 피해 다니던 수리의 모습도 사라졌다. 성준이 소환한 것이다.

악마 보타스는 입맛을 다셨다. 자신이 잘못 생각한 것이다. 영기 회복이 먼저였다.

악마 몬스터는 두 엘리트 몬스터를 콜로세움 안에 세워두고 다시 보스 몬스터를 흡수하기 시작했다.

수리와 성준이 통로를 빠른 속도로 지나갔다. 이번에는 수리가 성준을 안고 날아가고 있었다.

성준은 악마 몬스터의 영기 공격을 베어낼 때 충격파에 의해 여러 군데 상처를 입었다. 그 상태에서 다시 몬스터의 공격을 받아 튕겨 나왔으니 몸이 멀쩡할 리가 없었다.

수리의 비행으로 그들은 금방 초기 지역에 도착할 수 있었다. 수리는 성준을 조심스럽게 내려놓았다.

성준은 정신을 차리기 위해 노력했다. 이대로 정신을 잃으면 위험했다.

정신을 차리려고 노력하는 성준의 옆에서 수리가 구급상자를 꺼내 성준을 치료하기 시작했다.

성준이 주먹을 펼쳤다. 그곳에 빛나는 가디언 구슬이 있다.

—영기보석 가디언 버전 레벨 1.
—레벨 3 영기 성장치 소모 1레벨 가디언을 만듦.
—레벨 3 미만 사용 불가능.
—개인 가디언 생성.
—강렬한 의지로 영기 보석에 본체의 정보가 따라옴.
—적용 방법: 먹기.

성준은 구슬을 보고 미소를 지었다. 하은의 의지가 성공한 것이다. 잠시 구슬을 바라보던 그는 수리를 돌아보았다.

성준의 이마에 붕대를 감아주던 수리가 그에게 미소를 지어주었다.

"어서 하은이를 불러야죠?"

성준은 구슬을 삼켰다.

성준의 팔에 가디언 문양이 하나 더 추가되었다.

—영기 레벨 4.
—영기 성장치 50.
—영기 100.

―영기분석 레벨 3, 고속 저중력 이동 레벨 3, 허공 도약 레벨 2, 영기 방출 레벨 1.

―가디언 4레벨, 가디언 1레벨.

―영기 능력치 240.


자신의 영기 성장치가 많이 깎였다. 하지만 수리 때처럼 아예 0으로 깎이지는 않았다. 그때는 3레벨이고 지금은 4레벨이라서 그런 모양이다.

성준은 새로 생겨난 가디언 문장을 손으로 쓰다듬고 나서 손을 앞으로 향했다.

이어 성준은 자신의 두 번째 가디언을 소환했다.

그의 눈앞에 검은 영기가 회전하며 뭉치더니 하은의 모습으로 변해갔다.

하은의 모습은 그녀가 마지막에 악마 몬스터에게 당했을 때 그대로였다.

하지만 얼굴의 잡티 같은 게 완전히 사라져서 훨씬 더 아름다운 모습이 되어 있다.

성준의 앞에 나타난 하은이 눈을 떴다. 하은은 성준을 보고 크게 기쁜 얼굴이 되었다.

눈물을 글썽이던 하은이 성준을 향해 입을 벌렸다.

"주, 주인님께 인, 인사드립니다."

하은은 자신의 말에 놀란 표정이다. 성준은 수리와의 처음 대화가 생각나 쓴 미소를 짓고 하은에게 말했다.

"자유의지로 행동해도 돼."

성준의 말이 끝나자 하은의 손이 입으로 향했다.

"아, 아, 아, 으앙!"

입으로 몇 번 말소리를 내던 하은은 성준에게 달려들어 그를 껴안고 울음을 터뜨렸다.

"나, 난 기다렸어요. 무섭고 외롭고 하얀 방에서 정신이 망가지는 것 같아도 끝까지 기다렸어요. 엉엉!"

성준은 하은의 돌진에 몸이 아파 이를 악물었다가 하은의 말에 수리를 노려보았다. 저번에 조금 외롭다고 한 말은 지독하게 순화시킨 것이었다.

"하은아, 그렇게 안으면 주인님 아프셔."

수리가 성준이 노려보는 것을 외면하고 하은에게 말했다.

"죄송, 죄송해요."

하은은 깜짝 놀라 성준에게서 떨어졌다. 그리고 다시 한 번 자신의 순종적인 말투에 어리둥절했다.

그녀를 보고 수리가 조용히 말했다.

"가디언으로서의 기본적인 습성 때문에 그래. 익숙해져야 해."

수리는 하은을 안타까운 표정으로 바라보았다. 이제 하은도 깨달아야 했다. 자신은 이제 인간이 아니라 가디언이라는 것을.

하은은 정신을 차리고 성준을 치료하려 손을 내밀었다가 울상이 되었다.

"치료 능력이 없어졌어요."

성준과 수리가 하은의 말에 미소를 띠고 자신들이 가지고 있는 구슬을 하은에게 내밀었다.

"만약을 대비해서 왕창 들고 왔어. 치료 능력하고 물 이용 능력이 없어서 걱정을 많이 했는데 그래도 여기서 치료 능력은 구했어."

수리의 손에는 조금 전에 늑대형 몬스터에게서 얻은 2레벨 치료 구슬이 들려 있다. 그리고 성준의 손에는 전기 구슬 세 개, 진동 구슬 두 개, 그리고 바로 전에 대전 몬스터홀에 제거하면서 구한 광폭화 구슬이 다량 있다. 모두 1레벨 구슬이다.

하은은 성준의 손에 들린 구슬을 보고 울상이 되었다. 하나에 30억으로 쳐서 자신이 먹어야 할 금액을 생각하니 말이 안 나왔다. 하지만 치료 능력은 성준을 위해서 필요했다.

"나중에 다 갚을게요."

하은은 미안한 표정으로 구슬을 먹기 시작했다. 하은의 영기 성장치가 치솟기 시작했다. 하은이 광폭화 구슬 세 개를 먹으니 1레벨 100이 다 찼다.

하은은 고심하다가 전기 구슬을 먹었다. 광폭화나 진동 구슬을 먹을 수는 없었다. 하은은 고통이 이는 것을 꾹 참고 2레벨이 되었다. 이어서 다시 구슬을 먹었다. 다섯 개의 구슬을 먹으니 2레벨도 100이 되었다. 수리가 주는 2레벨 치료 구슬도 먹었다.

잠시 뒤 하은은 3레벨 가디언이 되었다. 1레벨 구슬 아홉 개와 2레벨 구슬 하나가 소모되었다.

하은은 자신이 먹은 구슬의 양을 생각하고 얼굴이 하얗게 변했다.

"적어도 300억."

성준은 두 개 남은 1레벨 구슬을 챙기면서 하은에게 말했다.

"같이 내면 대충 맞을 거야. 또 벌면 되지."

울상이 된 하은이 성준을 치료하면서 대답했다.

"힝, 열심히 벌어서 갚을게요."

수리가 하은의 말에 딴죽을 걸었다.

"어차피 이제 하은이는 주인님 건데? 아무리 벌어도 모두 주인님 거야."

하은은 성준을 치료하다가 그대로 딱 굳어버렸다.


수리는 하은이 성준을 치료하는 것이 끝나자 하은에게 가디언의 사정을 이야기해 주었다. 가디언의 주인에 대한 절대 복종, 감정의 혼동 등 자신이 겪은 일을 이야기했다.

수리에게 이야기를 들은 하은은 침울해졌다.

"이제 인간으로서의 하은은 더는 존재하지 않는군요."

수리는 그런 하은에게 미소를 지어주었다.

"그래도 이렇게 말을 하고 생각할 수 있잖아? 인간이 아니더라도 하은은 살아남은 거야."

수리의 말에 하은은 곧 얼굴을 폈다. 자신이 죽을 때의 소망이 생각난 것이다.

하은은 옷을 툭툭 털고 일어났다.

"맞아요. 어차피 살아났으니 마음고생은 다음에 하죠. 지금은 살아난 것을 즐거워하는 게 맞는 것 같아요."

성준은 하은이 기운을 차린 것을 보고 말했다.

"자, 그럼 이제 우리가 살아날 방법을 세워야겠군."

성준과 수리에게 그동안의 이야기를 들은 하은은 둘에게 감사했고, 앞으로의 일에 한숨을 내쉬었다. 셋은 악마 몬스터를 잡기 위한 회의를 했다. 하지만 셋만의 짧은 회의에서는 특별한 방법을 찾지 못했고, 성준은 일단 출발하기로 했다.

악마 몬스터가 보스 몬스터를 완전히 흡수하기 전에 움직여야 했다.

성준과 수리는 모두 하은의 치료를 받은 덕분에 다시 최상의 상태로 돌아왔다. 그동안 쌓인 피로가 있었지만, 이 정도 피로는 문제가 되지 않았다.

그들은 다시 한 번 콜로세움으로 갔다. 쇠창살 옆으로 무너진 통로를 통해 콜로세움으로 나간 성준은 악마 몬스터와 그 옆의 보스 몬스터를 보았다. 이제 마지막인지 성준의 눈에 보스 몬스터의 모습이 영기가 부족해 깜박거리는 듯이 보였다.

성준은 급하게 앞으로 튀어 나갔다. 이대로라면 위험했다. 보스 몬스터를 다 흡수하면 레벨을 되찾을지도 몰랐다.


악마 보타스는 자신을 향해 날아오는 성준을 보았다. 인간의 생각이야 뻔했다.

이미 보스 몬스터에게 던전의 권한마저 넘겨받은 그는 이제 조금의 시간만 더 있으면 레벨을 복구할 수가 있었다. 그는 시간이 약간 부족한 것에 아쉬워하며 바로 성준을 향해 날아갔다. 절대 아바타에게 접근하지 못하게 할 생각이다.

아쉽게도 성준은 보스 몬스터에 채 도착하지 못하고 악마 몬스터와 부딪쳤다. 성준은 이곳에 도착하기 직전 준비한 영기 압축을 악마 몬스터에게 터뜨렸다.

쾅!

큰 소리와 함께 악마 몬스터 앞에서 폭발이 일어났다. 성준은 폭발 때문에 뒤로 튕겨 나갔으나 악마 몬스터는 멀쩡했다.

"제길, 역시 안 되나?"

성준의 투덜거림을 들은 악마 몬스터는 씩 웃더니 성준을 쫓아 날아갔다.

하지만 성준을 쫓던 악마 몬스터는 뒤에서 들려오는 소리에 놀라 바로 자리에서 멈출 수밖에 없었다.

서걱!

수리가 멍하니 서 있는 보스 몬스터의 머리를 베어버린 것이다. 성준이 악마 몬스터에게 영기 압축을 터뜨림과 동시에 수리를 몬스터 뒤에 소환한 것이다. 성준의 노림수는 성공했다.

"이놈들이!"

악마 몬스터는 머리끝까지 분노했다. 악마 보타스는 양손을 들어 올려 마구 휘둘렀다.

쾅! 쾅! 쾅!

악마 몬스터가 가리킨 지역이 사방으로 터져 나가기 시작했다. 성준은 급하게 3레벨 엘리트 몬스터 뒤로 피했다. 그리고 수리와 하은을 소환해서 자신의 뒤로 옮겼다.

이미 곰처럼 생긴 2레벨 몬스터는 사지가 터져 나가서 영기가 되어버렸다. 그리고 뱀 몬스터도 몸이 사방으로 파여 나갔고, 몬스터의 비명 소리가 사방으로 퍼져 나갔다.

그 와중에 성준은 자신의 영기분석을 극한으로 올리기 시작했다. 눈의 실핏줄이 터져 나가고 입에서 피가 흘러나왔다.

악마 몬스터의 자동 방어로 되려 성준이 피해를 보는 중이다.

하은이 놀라 치료를 했지만 피만 멈추었을 뿐이다. 성준의 생각에 악마 몬스터의 영기분석만 성공하면 방법이 있을 것 같았다. 어차피 지금은 자신과 같은 4레벨이다. 무적일 리가 없었다.

하지만 성준은 고통 때문에 정신을 집중할 수가 없었다.

"제길, 방법이 없나?"

성준의 고통스러워하는 소리에 하은이 자신의 모든 능력을 성준에게 불어넣었다.

성준의 머리가 개운해지기 시작했다. 하은의 정신 방어가 성준의 정신을 지켜주기 시작한 것이다.

"어라? 하은아, 계속 정신 방어 능력을 사용해 줘!"

성준은 하은의 도움으로 악마 몬스터의 정보를 캐내갔다.

쿵!

결국 일행 앞에 있던 3레벨 몬스터도 그 자리에 쓰러져 버렸다. 그리고 성준과 악마 몬스터의 눈이 마주쳤다.

"찾았다."

"찾았다."

성준과 악마 몬스터가 서로 다른 언어로 같은 뜻의 말을 외쳤다.

성준은 앞으로 뛰쳐나가며 수리와 하은에게 소리쳤다.

"우리가 온 통로의 쇠창살 뒤로 숨어! 충분히 막을 수 있을 거야!"

"네놈은 이제 여기서 죽는다!"

이번에는 둘이 서로 다른 이야기를 하면서 달려들었다.

성준은 눈앞으로 달려드는 악마 몬스터를 보며 방금 확인한 정보를 되뇌었다.

―보타스.

―5등급.

―XXX 던전 관리 실무자.

―피부 강화 레벨 4, 영기 폭발 레벨 3, 영기 비검 레벨 3, 손톱 강화 레벨 3, 비행 레벨 3.

―약점: 부상으로 등급이 1단계 내려감.

―약점: 등급 하향으로 영기 소모량이 늘어남.

―분노.

―대상의 본체의 능력에 의해 정보가 일부분 제한됩니다.

운 나쁘게도 다른 능력들은 모두 약해졌는데 피부 강화는 그대로인 모양이다.

이를 악물며 성준이 확인한 바로는 악마 몬스터가 조금 전까지 영기 폭발을 남발하자 피부에 흐르는 영기가 흐려지는 것을 목격했다.

그렇다면 영기를 더 사용하면 피부 강화도 약해질 확률이 높았다.

성준과 악마 몬스터는 그대로 충돌했다.

성준은 자신이 가지고 있는 영기회복석을 다 쓸 각오를 하고 악마 몬스터와의 전투에 임했다.

일부러 틈을 보여 영기 폭발을 사용하게 하고 몇 번은 눈앞에서 영기 폭발을 베고는 피를 토하면서 튕겨 나가기도 했다.

뒤로 튕겨 나가던 성준이 항상 부딪치는 곳은 그가 나온 통로의 쇠창살이었다. 그리고 그때마다 성준의 상처를 하은이 치료했다.

그 옆에서 성준의 싸움을 보고 있는 수리는 침울한 얼굴이다. 강력한 한 방이 없으니 방어가 강한 상대한테는 도무지 도움이 되지를 않았다.

그 싸움은 거의 30분이 지나서야 끝이 났다.

"정말 지독하게 영기가 많아. 이제야 구멍이 뚫리네."

성준은 몬스터의 구멍 난 가슴에 다시 검을 쑤셔 넣었다.

악마 몬스터는 도저히 이해가 안 되는 일을 본 것 같은 표정이다.

"어떻게 내 영기가 부족한 것을 알았지? 어떻게 이런 고통 속에서 움직일 수가 있지? 어떻게 이렇게 강하지?"

성준은 새끼손가락이 잘려 나간 반대편 손으로 검에 영기 회복석을 밀어 넣어 검의 독 능력을 강화했다.

"보이니까 알았지. 팔이 잘려 나간 상태에서도 잘 싸웠어. 그리고 네놈이 약한 거야."

성준은 악마 몬스터의 피부 강화 능력이 완전히 사라진 것을 느끼고 주먹으로 몬스터의 얼굴을 후려쳤다.

"넌 너무 시끄러워."

머리가 반쯤 박살 난 악마 몬스터는 성준의 독에 점차 움직임이 멈추었고, 하은은 성준에게 달라붙어 치료하기 위해 애썼다. 성준이 무사한 것을 확인한 수리는 보스가 죽기 전에 구슬 하나라도 더 찾기 위해 돌아다녔다.

성준의 온몸은 피투성이였다. 하지만 대부분의 상처는 치료되었다. 하은은 성준의 잘린 새끼손가락을 보며 울먹였다.

"나머지 부위를 못 찾았어요. 회복이 안 돼요."

하지만 성준은 자신의 잘린 손가락을 보며 즐거워했다. 자신은 아직 인간이었다.

결국 악마 몬스터는 그대로 연기가 되어 사라졌고, 던전은 초기화되었다.

그렇게 성준은 4레벨 성장치 100이 되었다.


뉴욕 시는 조금씩 밝아오고 있었다.

자신의 집을 떠나 외부 던전으로 끌려다니던 사람들은 집으로 돌아가거나 다른 곳으로 피했다.

그리고 다른 곳으로 대피한 주변 지역의 사람들은 아직도 돌아오지 않아 뉴욕 시 전체는 사실상 불빛이 꺼진 상태였다.

모든 일의 중심이던 센트럴파크의 몬스터홀에서 조금씩 빛이 뿜어져 나오기 시작했다. 그 빛에 주변을 경계하고 있던 군인들은 화들짝 놀랐다.

몬스터홀 옆에 있던 경비소대 소령은 빛을 보고 인상을 찡그렸다.

"젠장, 또 뭐야?"

처음으로 몬스터홀의 이상을 알린 경비소대 소령은 결국 살아남았다. 그는 넘버피플이 되었지만 자진해서 다시 이곳의 경비대로 돌아왔다.

그는 이곳의 몬스터홀에 이를 갈고 있었다. 이곳에서 경비를 서다 시간이 되면 몬스터홀 안에 들어가 몬스터들을 때려잡을 생각이다.

빛은 점점 환해져 뉴욕 시 전체를 환하게 비추었다. 전에 여의도 몬스터홀 등을 제거했을 때보다 몇 배나 환하게 주변을 비추었다.

소령은 사방을 향해 외쳤다.

"모두 피해!"

소령의 말에 경비를 서던 군인들이 사방으로 달아났다.

그리고 잠시 뒤 몬스터홀이 터져 나갔다.

쾅!

몬스터홀 주변의 흙이 수십 미터나 치솟아 올랐다. 잠시 뒤 흙이 쏟아지고 먼지가 걷힌 몬스터홀은 지름이 100m 가까이 되는 거대한 구덩이로 변했다. 마치 화산이 폭발한 뒤의 분화구 같았다.

원래 몬스터홀이 있던 자리인 구덩이의 중심에서는 검은색의 문양이 흐릿하게 일렁이고 있고, 문양에서는 검은 영기가 위쪽으로 줄줄 새어 나오고 있었다.

문양 위에는 세 사람이 서 있었다. 성준과 그의 가디언들이었다.

성준은 주위를 둘러보았다. 수리는 담담한 얼굴로 구슬을 확인하고 있고, 하은은 하늘과 주변을 둘러보며 눈물을 흘리고 있었다. 하은은 기쁨과 서글픔이 섞인 복잡한 표정이다.

성준은 자신의 새끼손가락을 보았다. 깨끗하게 날아가 버

렸다. 악마 몬스터의 손톱 공격을 주먹으로 막으려다 잘려 나
간 것이다. 그래도 검을 쥐던 손이 아니라 그나마 다행이었
다.

하은을 구해오는 대신에 손가락 하나라면 싼 대가였다.

성준은 주변을 둘러보다 주변의 모습에 어리둥절했다. 분
명히 몬스터홀을 제거했는데 예상과 다른 모습이다.

성준은 우선 아래의 검게 빛나는 문양을 영기분석으로 확
인해 보았다.

─파괴된 공간 연결진.

─행성과 행성을 연결하는 연결진.

─보타스 던전 관리 실무자 제작.

─제작자 소멸로 연결진 파괴.

─영기 농도 차로 영기 누수 발생.

성준은 입을 딱 벌렸다. 이 정보가 맞다면 이 문양은 다른
별로 가는 문이었다. 지금은 고장이 나 있다고는 하지만 베르
너 교수와 더불어 연구하면 무언가 얻는 것이 있을 것 같았
다.

그는 문양에서 새어 나오는 영기를 바라보았다. 이 영기가
끊이지 않고 계속 나온다면 지구 환경에 어떤 영향을 줄지 걱

정이 되었다. 하지만 영기의 양만 충분하면 이곳에서 귀환자나 넘버피플의 영기를 채워줄 수 있을 것이다.

이제 이곳은 넘버피플이나 귀환자들에게 오아시스와 같은 곳이 될 것이 분명했다.

성준이 이렇게 영기를 바라보고 있을 때 구덩이 밖에서 사람들이 접근하기 시작했다.


몬스터홀에서 일어난 폭발로부터 멀리 피해 있던 군인들은 조심스럽게 거대한 구덩이로 접근했다.

그리고 그들은 구덩이 한가운데에 보이는 사람들을 보고 놀라 윗선으로 보고하기 시작했다. 그리고 그들의 귀환은 사방으로 알려졌다.

몬스터홀로 헬기가 급파되었고, 성준과 여성들은 그 헬기를 이용해서 본부로 돌아올 수 있었다. 그들은 소식을 듣고 달려 나온 일행의 환호를 받았다.

하은은 여성들에 휩싸여서 포옹을 받느라 정신이 없었다. 특히 다희와 헤라는 하은을 붙잡고 대성통곡했다.

그 모습을 보고 있는 성준에게 보람이 다가왔다.

"고생했어요."

미소를 지으며 성준에게 말하던 보람은 성준의 손을 보곤 눈이 커다랗게 변했다.

"손가락이!"

성준은 보람의 입을 막았다. 다들 기뻐하고 있는데 분위기를 망칠 필요가 없었다. 보람은 성준의 손을 잡고 울상이 되었다.

모두 흥분된 시간이 지나자 일행은 고생한 성준과 그녀들을 위해 그동안의 일은 나중에 이야기하기로 하고 모두 숙소로 들어갔다.

여성들이 숙소로 들어가는 가운데 혜라의 비명 같은 높은 목소리가 울려 퍼졌다.

"피부가 뽀얗게 변했어! 엄청나게 예뻐졌어! 말도 안 돼!"

그 목소리를 끝으로 성준과 하은, 수리는 모두 기절하듯 잠에 빠졌다.


성준이 일어나 세수를 마치고 난 뒤, 그를 처음으로 부른 사람은 데이빗 젝슨 미국 대통령이었다. 그는 성준이 몬스터홀에서 귀환했다는 소리를 듣자마자 모든 일을 제쳐 놓고 위험할 수 있다는 주위의 만류도 뿌리친 채 전용기 편을 통해 뉴욕으로 날아온 것이다.

성준은 어리둥절한 얼굴로 대통령과 인사를 나누었다. 데이빗 젝슨 대통령은 성준의 손을 굳게 잡고 감사의 말을 전했다.

그들은 성준이 식사를 하지 못했다는 이야기를 듣고 바로 식당으로 자리를 옮겼다. 대통령과 수행 인력 전체가 식당으로 이동했다.

"다시 한 번 감사를 드립니다. 뉴욕 시민을 구해주신 일을 미국인을 대표해서 감사드립니다."

성준은 인사를 받고 부대에서 준비한 식사를 하며 대통령과 이야기를 나누었다.

성준의 옆에는 높은 사람들의 모습에 주눅이 든 하은과 묵묵히 식사를 하고 있는 수리가 앉아 있었다.

"그런데 이곳까지 급하게 오신 까닭이 무엇이죠? 단지 인사를 하기 위해서 오신 것은 아닌 것 같은데요."

대통령은 성준의 말에 움찔했다.

"과연 보고대로 대화의 핵심을 찌르시는군요."

성준에 관한 내용은 현재 전 세계 정보 관계자들의 특급 정보 사항이다. 미국도 최대한 성준의 정보를 모아온 것이다.

젝슨 대통령은 성준에게 이곳에 온 이유를 이야기해 주었다.

"감사 인사도 할 겸 현재 뉴욕 몬스터홀에 대해 듣고 싶어서 왔습니다. 미스터 최의 이야기를 누군가에게 대신 전해 들을 수 있는 상황이 아니라서 직접 달려왔습니다."

대통령의 말을 들은 성준은 조용히 생각에 잠겼다. 어디까지 이야기하고 어디까지 함께할 수 있는지 생각해 봐야 했다.

그는 세계 최강 대국인 미국의 대통령이다. 이곳에서 나눈 이야기가 세계를 움직일 수 있었다.

성준은 대통령을 바라보았다.

"최소 인원만 남겨주시기 바랍니다."

성준의 말에 대통령은 굳은 표정으로 고개를 끄덕였다. 잠시 후 식당에는 성준과 가디언들, 대통령과 비서실장, 국무총리, 통역을 위한 귀환자인 에드워드만이 남아 있게 되었다. 그리고 식당의 주변은 군인들로 철통같이 보호되었다.

성준은 능력을 사용해서 사람들을 둘러보았다. 문제가 있는 사람은 없었다.

성준은 대통령에게 자신의 최소한의 비밀을 제외하곤 현재 상황을 말해주었다. 지금의 상황을 설명하기 위해서는 자신의 비밀을 어느 정도는 이야기해 주어야 했다.

고유 능력의 존재와 악마 몬스터들이 노리고 있는 목표에 대한 것, 자신은 영기를 가진 존재의 능력을 확인할 수 있는 것, 몬스터홀의 등급과 내용을 알 수 있다는 것 등을 이야기했다.

그리고 마지막으로 뉴욕 몬스터홀 안에서의 전투와 현재 몬스터홀의 상황을 이야기했다.

"지금 저 문양은 그들의 행성 중 하나와 연결되어 있던 모양입니다. 그 악마 몬스터가 연결한 모양인데 몬스터가 죽어서 현재 고장이 난 상황입니다. 그래서 지금 그 행성의 영기가 새어 나오고 있습니다."

대통령은 생각보다 중요하고 많은 정보에 심각한 표정이 되었다. 성준이 말한 내용 하나하나가 정말 중요한 내용이었다.

대통령은 이야기를 듣고 잠시 생각에 잠겼다. 옆에 있는 비서실장과 국무총리는 성준의 이야기를 받아 적느라 정신이 없다.

"미국에 계실 수는 없겠습니까? 필요한 그 무엇도 제공할 수 있습니다. 그리고 미국에 계시면 움직이기에 훨씬 편할 겁니다."

성준은 대통령의 말에 고개를 흔들었다. 러시아 때도 마찬가지지만 자신의 기반과 생활터전을 바꿀 이유가 없었다.

"대통령님께 말씀드리는 것은 전 세계적인 대응이 가능하신 분이기 때문입니다. 제가 드린 정보로 대응을 부탁합니다."

대통령은 다시 한 번 성준에게 감사를 전했다. 성준은 마지막으로 대통령에게 말했다.

"몬스터홀을 제거하느라 추가 비용이 발생했습니다. 성의 있는 지급을 부탁드리겠습니다."

대통령은 잠시 어이없는 표정으로 성준을 바라보다 크게 웃었다.

"알겠습니다. 최대한 성의를 표하겠습니다."

성준과 젝슨 대통령은 굳게 악수를 했다.


대통령과 이야기를 마치고 성준은 드디어 귀환자 조합의 모든 인원과 만날 수 있었다. 모두 성준을 만나보려고 했지만 갑작스러운 대통령의 등장에 숙소 앞에서 대기하고 있었다.

성준은 숙소 앞에 모인 사람들 앞으로 갔다. 기존의 귀환자들은 물론이고 새로 합류한 귀환자들도 모두 있었다.

그들은 성준과 여성들을 반갑게 맞이했고, 성준은 그들 앞에 나가 이야기했다.

"모두 고생하셨습니다. 우선 면접으로 이곳에 오신 모든 분은 이제 저희 귀환자 조합의 조합원입니다. 이번 미국 원정에 대한 보상부터 지급될 것입니다."

새로 참여한 귀환자들 모두가 기뻐했다. 성준은 모두를 돌아보았다.

"모두 수고하셨습니다. 이제 집으로 돌아갑시다."

일행은 모두 환호성을 지르며 집으로 출발할 준비를 했다.


성준은 출발하기 전에 다시 한 번 수리, 베르거 교수와 함께 몬스터홀을 찾아갔다.

베르거 교수는 성준의 이야기를 듣고 문양에 자신의 영기를 연결해 보았다.

잠시 뒤 눈을 뜬 교수가 성준에게 말했다.

"자네 말대로 완전히 망가진 것 같아. 영기가 완전히 엉켜 있는데? 문양을 수리할 방법도 없을뿐더러 수리하더라도 움직이지 않을 거야. 완전히 망가져 버렸어."

"그럼 이곳으로는 몬스터들이 못 넘어온다는 말인가요?"

성준의 물음에 교수는 고개를 끄덕였다.

"맞아. 이건 그냥 고철 덩어리라고 보면 돼. 이곳은 안전해."

성준은 교수의 확답에 고개를 끄덕였다. 뒤에서 이야기를 듣고 있던 주 방위군 사령관도 안도의 한숨을 내쉬었다.

＊　　　＊　　　＊

여성들은 돌아가는 준비를 하는 와중에 하은을 앞에 두고 꼬치꼬치 캐묻고 있었다.

"그래서 하은이 네가 가디언이 되었으면 조합장님하고는 어떻게 되는 거야?"

혜라의 단도직입적인 물음에 하은이 대답했다.

"오빠는 내 주인, 난 오빠의 소유물."

"으엑!"

혜라와 다희가 오만상을 찌푸렸다.

"21세기에 무슨 언어도단이냐!"

혜라의 외침에 하은은 담담한 표정으로 이야기했다.

"그냥 진실일 뿐이야."

하은의 말에 혜라와 다희의 표정이 조금 어두워졌다.

"괜찮아. 내가 원한 일이고 이렇게 살아 있다는 것을 느끼는 것에 감사하니까. 너희도 인상 풀어."

"음, 몇 배나 예뻐진 것은 무척 부럽다만……."

다희가 돌려서 부럽게 이야기했다. 하은이 그 이야기에 말을 이었다.

"아마 이 미모가 영원히 지속할 것 같은데. 수리 언니를 보면."

"에엑!"

혜라와 다희가 큰 소리로 외쳤다.

방 밖에서 지나가다 이야기를 들은 보람이 뭔가 생각하는 표정이 되었다.

"그럼 순수한 사람은 셋 중에 나밖에 없는 건가? 성준 씨 부모님께 이쪽으로 접근하면 뭔가 방법이 있을지도?"

보람은 그렇게 말하다가 고개를 절레절레 흔들었다. 아무리 생각해도 자신이 할 수 있는 일이 아니었다.

보람은 문을 열고 하은이 있는 방으로 들어갔다. 방 안의 웃음소리가 커졌다.

그리고 그날 저녁 귀환자 조합의 모든 인원은 전용기 편으로 서울을 향해 출발했다.

제6장

축성 Ⅰ

성준은 돌아가는 비행기 안에서 주변을 둘러보며 조금 감격스러운 기분이 들었다.

자신의 일행과 2레벨 면접자 중 남은 인원을 합치면 이제 거의 40명이 되었다. 이 인원이면 몬스터홀을 진입하는 데 최적의 인원이다.

드디어 여기까지 왔다. 던전 안에 빠져서 살아남기 위해 허덕이던 사람들이 모여 여기까지 온 것이다.

아직 모두가 융화된 건 아니지만, 시간이 지나면 모두 하나가 될 수 있다고 믿었다.

일행은 시차를 생각해서 출발한 시간대와 같은 저녁 무렵에 김포 공항에 도착했다. 비즈니스용 터미널로 빠져나온 일행은 회사 버스로 여의도를 향했다.

여의도 사무실에 도착한 성준은 모두에게 하루의 휴가를 주었다. 모두 성준의 이야기를 듣고 기뻐하면서 오피스텔로 올라갔다. 다행히 오피스텔이 많아 1인당 하나의 오피스텔이 돌아갔다.

그 뒤 하은의 숙소 문제로 잠시 소란이 있었지만, 어차피 가디언의 삶에 익숙해져야 한다는 하은의 의견이 있었다.

결국 그녀는 결국 성준의 오피스텔에서 같이 지내게 되었는데, 하은의 짐을 옮기느라 잠시 부산스러워졌다.

정신없던 시간이 지난 후 성준은 거실에 앉아 구슬을 소환했다. 4레벨 보스 몬스터가 남긴 구슬 한 개와 5레벨 악마 몬스터가 남긴 구슬이다. 하은과 수리는 요리를 하기 위해 주방으로 들어가 있다.

성준은 러시아 3레벨 몬스터홀의 4레벨 보스 몬스터가 남긴 구슬을 영기분석으로 확인해 보았다. 수리의 말에 의하면 이번 뉴욕 던전에서 악마 몬스터에 먹힌 보스 몬스터는 아무것도 남기지 않았다고 했다.

전에도 확인했다시피 이 러시아의 4레벨 구슬은 피부 강화 구슬이다. 성준은 잠시 구슬을 바라보다 구슬을 삼켰다. 어차피 먹을 것이면 안전한 시간에 하는 것이 좋을 것 같았다.

성준은 잠깐 극심한 고통에 시달렸다. 그리고 정신을 차린 성준은 5레벨이 되었다. 성준은 자신의 정보를 확인했다.


　—영기 레벨 5.

　—영기 성장치 0.

　—영기 100.

　—영기 분석 레벨 4.

　—고속 저중력 이동 레벨 4, 허공 도약 레벨 3, 영기 방출 레벨 2, 피부 강화 레벨 1.

　—가디언 4레벨, 가디언 3레벨.

　—영기 능력치 220.


정보가 더 늘어나지는 않았다. 성준은 감각을 활성화해서 손을 보았다. 예상대로 이제 거의 영기의 흐름이 완연하게 보였다. 이제 자신의 몸은 인간보다 영기에 더욱 가까웠다.

성준은 마음을 다잡았다. 자신 옆에는 남은 평생을 가디언으로 살아가야 하는 사람도 있다.

이 정도에 마음이 약해질 필요는 없었다. 성준은 손을 들여다보았다.

그는 잘린 새끼손가락을 인간으로 남은 상징으로써 치료

하지 않고 남기기로 결정했다.

성준은 식사 시간에 하은에게 가족에게는 어떻게 이야기할지 물어보았다.

하은은 성준의 물음에 쓴웃음을 지으며 대답했다.

"아무 말도 하지 않을래요. 나중에, 먼 훗날에 말할 기회가 있겠죠."

하은의 가족은 조금 잘사는 교수님 집안이다. 하지만 개방적인 가족이라서 하은에게 특별하게 터치하지는 않는 것 같았다.

성준도 하은의 말에 고개를 끄덕였다. 하지만 자신과 같이 지내는 것에 대해서는 문제가 될 수 있었다.

"괜찮아요. 수리 언니도 있는데요, 뭐. 요즘 세상에 동거 정도야 누가 신경 쓰나요. 너무 걱정하지 마요."

성준은 과연 걱정하지 않아도 될 문제인지 알 수가 없었다.

다음 날 성준은 조 실장, 보람, 자신의 가디언들과 함께 회의실에 모였다. 보람은 어차피 일이 많아 휴가를 포기했고, 수리와 하은은 쉬라는 성준의 말을 거절하고 성준을 따라왔다. 하은마저 따라온 것에 성준은 그것이 하은의 의지인지 가디언의 본능인지 알 수가 없었다.

성준은 조 실장에게 미국에서의 일을 설명했다. 가끔 보람

과 하은, 수리가 나서서 성준의 말을 보충해 주었다. 모든 이
야기를 다 들은 조 실장은 한숨을 내쉬었다.

"이건 영웅전설 이야기군요. 도대체 목숨이 몇 개나 된답
니까? 조합장이라는 사람이 이성을 가지고 움직여야지 그렇
게 감정적으로 움직이면 됩니까?"

조금 난처한 표정을 지은 성준은 자신의 눈을 가리켰다. 그
모습을 본 조 실장은 고개를 절레절레 흔들었다.

"그놈의 직관은… 한 번도 안 틀렸으니 뭐라 할 수도 없고,
이제는 미래도 안답니까?"

성준은 조 실장의 말에 입맛을 다셨다. 조 실장은 이어 하
은을 보고 말했다.

"고생했습니다. 하은 씨 이야기를 듣고 저도 걱정을 많이
했습니다. 우선 하은 씨가 가디언이 된 것은 그냥 넘어갈 생
각입니다. 아는 사람은 알고 모르는 사람은 모르게 되겠죠.
수리 씨 경우가 있으니 아마 큰 문제는 없을 겁니다."

조 실장은 성준을 힐끗 보고 이야기를 계속했다.

"이미 조합장님 문제는 정부나 다른 나라에서도 신화의 영
역으로 생각하고 있으니까요."

이미 성준에 대한 보고서는 상식의 영역을 넘어가 버렸다.
모두 성준에 대한 이상한 보고가 와도 분석을 포기한 상황이
었다. 그냥 보이는 내용을 그대로 옮기고 있었다.

"끙, 이제 미국에서 조합장님 능력의 상당 부분을 알게 되었으니 바빠지게 생겼습니다. 아마 제일 먼저 던전의 최대 레벨 조사 요청이 올 겁니다. 아직 다른 귀환자들은 모두 2레벨이라서 괜찮지만 그들이 3레벨이 되는 순간 조합장님의 능력이 가장 필요한 상황이 될 겁니다."

3레벨이 되는 순간 귀환자는 3레벨 던전으로 진입하게 되어 있다. 성준의 도움이 없으면 2레벨 귀환자의 떼죽음이 반복될 확률이 높았다.

"아마 미국에서 요청이 오면 3레벨 귀환자가 나타났다는 이야기가 되겠지요."

"차라리 빨리 요청이 왔으면 좋겠군요."

조 실장과 성준은 오히려 최대한 고레벨 귀환자들이 많이 생겼으면 했다. 레벨이 오르니 정말 미래에 대해 어느 정도 직관이 생긴 느낌이다.

"아, 그리고 수리가 4레벨이 되었고, 제가 5레벨이 되었습니다."

조 실장은 수리의 이야기에 잘되었다고 고개를 끄덕이다가, 성준의 레벨 업을 듣고는 신음 소리를 냈다.

"그래서 다른 나라 3레벨에 대해 시큰둥한 표정이군요. 하지만 이건 너무 빨리 강해지시는군요. 우리 조합이 앞으로도 민주적으로 움직이기는 불가능하겠어요."

"다음해 선거 때 다시 조합장을 뽑으면 되잖아요?"

성준의 말에 조 실장은 고개를 흔들었다.

"몬스터와의 전투 조직입니다. 사람들은 민간인이지만 실질적으로는 준군사 조직이에요. 팀 전체의 공격력이나 방어력을 왕창 올려주는 사람이 존재하지 않는 한 강한 사람이 최고입니다. 조합장님 외에는 아무도 조합장으로 인정하지 않을 겁니다. 뭐… 이 문제는 내년에 생각해 보기로 하죠."

"하긴 그래요. 몬스터홀에 들어갈 때마다 살아나올 일이 걱정인데 내년이라니요. 짐작이 안 됩니다."

성준은 내년을 상상하다 갑자기 막막해져서 한숨을 내쉬었다.

"그리고 저쪽 몬스터홀을 만든 침략자 쪽도 무슨 문제가 있는 모양이에요. 부상당한 악마 몬스터가 나타났어요. 규칙에 어긋나는 상황이에요. 아마 앞으로는 규칙에 맞지 않는 일들이 계속 일어날 수도 있을 겁니다."

"외계인이라니, 뭐 판타지 세계의 침략보다는 좀 더 현실적이네요."

성준의 말에 조 실장도 고개를 끄덕였다. 그리고 조 실장은 한국 쪽 상황을 이야기했다.

"그리고 1레벨의 1차 접수를 마감했습니다. 저번 정부의 몬스터홀 민간 용병 발표 이후 많은 사람들이 이 일에 뛰어들었습니다. 그리고 많은 사람이 죽었지만요. 뭐, 어쨌든 현재 접수 인원은 30명 정도입니다. 아마 군인을 제외한 한국 귀환자 중에서 1레벨 100이 된 거의 모든 인원으로 봐도 될 겁니다."

성준은 고개를 끄덕였다.

"그럼 예정대로 면접을 보도록 하죠. 일정을 잡아주세요."

조 실장은 성준의 말을 메모하기 시작했고, 성준은 말을 이었다.

"그리고 지금부터 조합원 모두를 데리고 한국의 2레벨 몬스터홀을 전부 제거할 겁니다. 실전을 통해 최대한 팀으로써의 체계를 갖추어야겠습니다."

성준은 일정을 협의했다. 그리고 잠시 이야기가 소강상태가 되자 조 실장이 조심스럽게 이야기를 꺼냈다.

"저번에 조사하기로 한 것에 대해 조금 정보가 나왔습니다."

성준은 바로 기억을 떠올렸다. 은성에 대한 조사이다.

"은성과 저번에 타격을 입은 정부 쪽 인사들, 정치가들, 그리고 후원금 문제로 틀어진 기업가들이 뭉친 모양입니다. 지금은 저희 쪽의 세가 강해서 다들 발을 빼려고 하는데 은성에게 계속 끌려다니는 모양입니다."

성준은 조 실장의 이야기를 주의 깊게 들었다.

"그리고 은성이 자체적으로 2레벨 귀환자 팀을 구축한 모양입니다. 2레벨이 열 명 정도 되는 것 같습니다. 그들은 몬스터홀 하나를 제거한 후에 자신들의 팀을 공개할 생각이었던 것 같습니다."

조 실장은 말을 한 후 고개를 흔들었다.

"은성도 안되었지요. 이번에 또 조합장님이 뉴욕 몬스터홀을 제거했으니 그쪽도 쉽지 않은 모양입니다. 지저분한 수만 안 썼어도 신경 쓸 필요도 없는 상대인데……."

성준은 조 실장의 이야기를 듣고 잠시 생각에 잠겼다가 말했다.

"명단을 최대한 알려주세요. 그쪽과 관련된 몬스터홀은 모두 피합니다. 정 2레벨 몬스터홀이 부족하면 해외로 나가겠습니다."

그들의 회의는 조금 더 길어졌다.


다음 날 미국에서 보상금이 들어왔다. 모두의 예상보다 더들어온 보상금에 모두가 놀랐고, 성준과 수리, 하은이 자신들의 보상금을 모두 포기해서 한 번 더 놀랐다.

"하은이 사용한 구슬과 저와 수리가 사용한 구슬, 영기회복석, 그리고 잘못된 판단으로 하은을 위험에 빠뜨린 책임을

지고 저희는 이번 파견의 지분을 포기하겠습니다."

성준의 말에 모두 반대했다. 특히 기존의 귀환자들이 심하게 반대했지만 성준이 강하게 밀어붙여서 그대로 결정되었다.

덕분에 새로 가입한 다른 나라의 귀환자들은 성준과 조합에 좀 더 긍정적인 시선을 가지게 되었다.

그렇게 갑자기 큰돈을 벌게 된 귀환자들은 빈센트의 유혹을 버텨낼 수가 없었다. 그들은 모두 자신들의 장비를 강화했고, 조합과 절반의 이익을 나누었지만 빈센트는 그 자리에서 새로 들어온 귀환자들 가운데 가장 많은 돈을 벌게 되었다.


며칠 뒤 한국 귀환자 팀의 모든 인원은 인천 몬스터홀에 진입했다.

3레벨 귀환자 십여 명과 2레벨 귀환자 이십여 명, 그리고 4레벨 귀환자와 5레벨 귀환자, 마지막으로 3레벨 치료 능력자가 포함된 귀환자 팀의 전투력은 가히 두려울 정도였다.

인천 몬스터홀은 저번에 미리와 같이 들어왔던 곳으로 초원 지역이었다. 성준이 뉴욕에서 본 몬스터들이 이곳에도 있었다. 단지 그 숫자가 많이 적었다.

"전방 아르마딜로형 몬스터. 엘리트의 능력은 영기 탄환."

성준의 말이 끝나자 정 교관은 일행을 전투 진형으로 정비하고 전방을 향해 공격을 시작했다.

전방을 향해 날아가는 화살에 의해 일반 몬스터는 몰살을 당했고, 남은 엘리트 몬스터는 폭발과 관통 등 공격형 강화 능력자들의 집중 공격에 영기로 변했다.

2레벨 던전으로는 더 이상 일행의 앞을 막을 수 없었다.

중간에 나타난 곰 형태의 엘리트 몬스터는 보람의 냉기 공격에 행동이 굼떠져 일행의 표적이 되었다. 잠시 강력한 포효로 일행을 굳게 만들었지만, 하은이 바로 전기 능력에 정신 방어를 중첩시켜서 일행에게 날려 마비를 풀어버렸고, 엘리트 몬스터는 결국 일행에게 죽임을 당하고 말았다.

졸지에 전기에 지져진 일행은 하은의 능력에 치를 떨었다.

일행은 추풍낙엽처럼 적들을 쓰러뜨리고 귀환 지점을 지나 보스 존에 들어왔다.


보스는 2레벨 던전의 보스답게 나름대로 강력했다. 하지만 성준이 알려준 약점 덕분에 그냥 평범하게 변해 버렸다.

"영기 포탄과 피부 강화를 동시에 사용 못 해요. 포탄 공격이 날아오면 막는 것과 동시에 집중 공격하면 돼요."

일행은 성준의 조언대로 보스를 상대했고, 그사이 성준과 수리가 오히려 사방으로 뛰어다니면서 일반 몬스터들을 제거했다.

그리고 한 시간의 전투 후 결국 보스의 가슴에 정 교관의 창이 박히며 싸움이 끝났다.

이제 성준의 도움이 조금 있긴 했지만 조합원의 힘만으로 2레벨 몬스터홀은 제거할 수 있게 되었다.

그들이 몬스터홀에서 나오자 성준이 예상보다 빠르게 인천 몬스터홀을 제거했다는 사실에 놀란 김 회장의 전화가 왔다.

성준이 한국의 남은 2레벨 몬스터홀을 최대한 빠르게 제거한다고 말하자 김 회장은 조금 난처해했다.

─그렇게 빨리 움직이면 후원 모집이 잘 안 될 텐데 괜찮겠나? 손해를 많이 볼 거야.

역시 돈을 굴리는 사람은 우선순위가 돈이었다.

"국내를 빨리 정리하고 해외로 움직일 생각입니다. 저번에 말씀하신 명단을 다시 한 번 추려주십시오. 국내를 정리하고 바로 명단 순서대로 움직이겠습니다."

성준의 말에 김 회장은 반색했다. 해외 쪽은 국내와 금액이 달랐다. 아랍 산유국의 요청 건만 해도 국내의 몇 배 이상이다. 중간의 커미션도 금액 단위가 달랐다.

─알겠네. 그런 식이라면 오히려 환영이지. 바로 다시 점검해서 보내주겠네.

성준은 김 회장과의 전화를 끊었다.


인천 몬스터홀을 제거한 바로 다음 날이었다. 성준은 지금 조합 내의 가장 큰 회의실의 가운데에 앉아 있었다. 성준의 좌우에는 조 실장과 정 교관, 그리고 베르너 교수가 앉아 있다.

잠시 후 이곳에서 귀환자들 면접을 볼 예정이다. 아쉽게도 예상보다 인원이 적어 금방 끝날 것 같았다.

이곳에 있는 사람들은 서로 다른 부분을 확인할 예정이다. 조 실장은 그동안의 조사로 확인한 내용을 비교할 예정이고, 정 교관은 면접자가 전투에 적합한 사람인지 확인하며, 베르너 교수는 혹시 비전투 귀환자가 있으면 필요한 인력인지 확인할 예정이다.

그리고 성준은 면접자의 진실 여부와 스파이를 가려낼 예정이다.


첫 면접자가 들어왔다. 젊은 여성이다. 그녀는 둥근 안경에 앞머리를 길게 내린 어두운 분위기의 여성이었다. 옷도 후줄근해 면접장을 순간적으로 어둡게 만들었다.

그녀는 자리에 앉아 고개를 숙여 인사하고 다시 얼굴을 밑으로 내렸다. 별로 면접을 잘 보고 싶은 의욕이 없어 보였다.

조 실장이 성준에게 서류를 하나 주었다. 이번 면접자를 조사한 내용이다.

그녀는 세상에서 말하는 은둔형 외톨이였다. 자기만의 세상에서 살던 그녀는 사람들의 외면으로 자기 스스로 방 안에 갇혀 버리게 되었다. 한데 얼마 전 청주에 몬스터홀이 발생해서 온 가족이 몬스터홀로 끌려들어 가게 되었다.

그리고 온 가족 중 그녀만이 살아나오게 되었다. 그녀는 정부의 지원으로 군인들과 함께 근근이 여기까지 버텨왔다.

하지만 민간 용병의 활성화로 지원이 끊겨 다음 몬스터홀부터는 혼자 들어가야 할 판이다. 그래서 마지막 희망으로 면접을 보게 된 것이다.

사람들이 몇 가지 질문을 했지만 그녀는 단답형으로 거의 들리지도 않게 답변했다. 그녀의 모습에 사람들은 모두 고개를 흔들었다.

성준이 다른 사람을 보자 모두 불합격 란에 표시하는 것이 보였다. 성준은 마지막으로 감각을 활성화해서 면접자를 확인했다.

그런데 그의 영기분석이 갑작스럽게 활성화가 되었다.

─진입자.

―영기 레벨 1.

―영기 성장치 100.

―영기 200.

―잠재 고유 능력: 영기 공간―영기로 공간을 만들어 물건
을 수납 가능.

―실패, 죽음, 다리.


그녀는 이곳에서 떨어지면 자살할 생각인 모양이었다. 하
지만 성준에게는 그것이 중요한 것이 아니었다.

성준의 영기분석이 진화했다. 고유 능력 예정자를 알 수 있
게 된 것이다.

'소설에서 말하는 아공간 같은 것인가?

성준은 한숨을 쉬며 고개를 숙이고 있는 면접자에게 말했
다.

"합격입니다. 내일부터 나오세요."

모두가 성준을 쳐다보았다. 면접을 본 여성이 더 놀란 것
같았다. 그녀가 고개를 번쩍 들고 성준을 쳐다보았다.

성준은 놀란 그녀를 밖으로 내보내고 주변을 살핀 후 조 실
장에게 빠르게 말했다.

"고유 능력 예정자입니다. 빨리 경호를 붙여주세요."

성준을 의아하게 바라보던 조 실장은 정신이 번쩍 든 표정

으로 빠르게 전화를 걸었다. 잠시 후 전화를 마친 조 실장은 성준을 보고 한숨을 내쉬었다.

"도대체 그 능력은 끝이 어디입니까? 이대로 가다가는 지구 제일의 점쟁이가 될 판입니다."

다른 사람들도 성준을 보고 고개를 절레절레 흔들었다.

그 뒤로는 평범하게 진행되었다. 몇 명은 경험치가 100이 아니어서 성준이 불합격을 표시했고, 나머지 사람들은 대체로 무난했다.

그렇게 면접이 거의 마무리될 때쯤 한 명의 면접자가 들어왔다. 멋지게 생긴 젊은 남성이다. 선한 인상과 서글서글한 웃음이 면접자에게 호감을 품게 했다.

하지만 성준은 그에게서 위화감을 느꼈다. 성준은 감각을 활성화해서 면접자를 바라보았다.


―검투사 정보.
―영기 레벨 1.
―영기 성장치 100.
―영기 200.
―긴장, 거짓, 작전.


성준이 감각으로 같이 확인한 바로는 스파이였다. 예상대로 면접자에 스파이가 끼어 있었다.

감각으로 그를 확인한 후 성준은 그에게 몇 가지 질문을 했다. 그리고 쪽지에 몇 줄을 적어 면접자에게 주었다.

"은성에 돌아가서 쪽지를 전해주세요. 현재 한국에 남아 있는 2레벨 몬스터홀은 목포와 청주뿐입니다. 우리는 5일 단위로 그 두 몬스터홀을 제거할 예정입니다. 만약 몬스터홀을 제거하고 싶으면 그전에 해야 할 것입니다."

성준은 몇 가지 질문으로 스파이가 원하는 물건이 무엇인지 파악하고 스파이에게 물건을 주었다.

면접자는 얼굴이 하얗게 변하면서 무엇이라 말하려다 말고 후다닥 도망갔다. 다른 사람들은 스파이를 파악한 성준의 능력에 놀라고 정보를 제공한 이유에 대해 궁금해했다.

"왜 스파이인 그에게 그 사실을 알려주었죠?"

조 실장이 대표로 성준에게 물었다.

"뭐 누가 없애든 몬스터홀을 줄여주면 좋잖아요?"

성준의 말에 모두 성준을 의심스럽게 바라보았다. 베르너 교수조차도.

성준은 자신의 선량함이 더럽혀진 것에 슬퍼하며 사실을 이야기했다.

"우리가 몬스터홀의 제거 일자를 못 박으면 그들로서는 그동안의 계획을 다 포기하지 않는 이상 몬스터홀 제거에 도전

할 거예요. 어차피 2레벨 귀환자들이라 들어가 봐서 아니면 다시 나오면 되니까요."

성준은 조금 안타까운 표정으로 이야기를 계속했다.

"그들은 보스 몬스터를 만날 테고, 전멸할 거예요. 2레벨 귀환자 열 명이 보스 몬스터를 제거할 확률은 희박해요."

성준은 다시 표정을 바꾸고 이야기를 마쳤다.

"혹시 살아나오면 축하해 주면 되죠. 몇 명이나 살아남을 지는 알 수 없지만."

그렇게 그는 이 일을 마무리 지었다. 그 자리에 있던 사람들은 모두 성준의 적이 되지 않기로 다시 한 번 결심했다.

그렇게 1레벨 귀환자들의 모집이 끝나자 빈센트가 또다시 자신의 강화 능력에 대해 영업을 하고 다녔다. 아직 1레벨에 돈도 없는 귀환자들에게 영업을 하는 모습은 모두의 궁금증을 불러일으켰다.

성준도 그 모습이 이상해서 빈센트를 조합장실로 불렀다. 조합장실에서는 성준과 수리가 빈센트를 기다리고 있었다. 조합장실에 들어온 빈센트는 오히려 성준이 자신을 불러주어서 기뻐했다. 성준은 어리둥절했다. 빈센트는 그 자리에서 성준에게 요청했다.

"염치없지만 저도 3레벨로 올라갈 수 있을까요? 다른 사람들을 보니 레벨이 증가하면 기존의 능력도 진화하는 것 같던데, 제 능력이 발전하면 더 도움이 될 것 같습니다."

빈센트는 기존의 귀환자들이 3레벨이 되는 모습과 자신의 능력이 무엇인가 더 있을 것 같은 기분에 어떻게 하든지 3레벨이 되고 싶어 돈을 모으고 있었던 것이다.

성준은 잠시 생각해 보곤 빈센트의 요청을 수락했다. 비전투 고유 능력자는 성준이 생각하기로 귀환자 조합에서 가장 중요한 인력이다.

어차피 베르거 교수와 빈센트의 능력은 계속 강화할 생각이었다.

"대신 새로 발생하는 구슬 비용은 앞으로 빈센트 씨가 벌어들이는 돈으로 제하겠습니다. 다른 사람과의 형평성 때문에 어쩔 수 없습니다."

빈센트는 괜찮다고 생각했다. 오히려 지금 가지고 있는 돈을 사용하지 않아서 기뻤다. 게다가 자신은 지금 가지고 있는 돈으로도 생활하기에 충분했다.

그리고 잠시 뒤 빈센트는 성준에게 구슬을 받았다.

"자, 구슬입니다. 현재 2레벨이니 다섯 개 정도면 3레벨이 되실 수 있을 겁니다. 그리고 여기 3레벨 구슬입니다."

성준의 말에 빈센트는 속으로 식은땀을 흘렸다. 200억이 조금 안 되는 금액이다. 이대로 협회의 노예가 되기에 충분한 금액이다.

하지만 빈센트는 호기심을 참지 못하고 구슬을 집어 하나
씩 먹기 시작했다. 그리고 그는 경험치가 100이 되었다.

마지막으로 그의 손에 들린 것은 2레벨 힘 강화 구슬이다.
뉴욕의 보스 존에서 어이없이 악마 몬스터에게 죽은 곰처럼
생긴 몬스터의 구슬이었다.

빈센트는 구슬을 삼켰다. 그는 잠깐 고통에 휩싸였고, 3레
벨이 되었다.


―검투사 정보.
―영기 레벨 3.
―영기 성장치 0.
―영기 100.
―영기 장비 개조 레벨 2, 감각 전달 레벨 2, 힘 강화 레벨 1.
―영기 능력치 160.
―기쁨, 걱정, 분석.


빈센트는 3레벨이 되고 나서 잠시 멍하니 서 있었다. 그는
새로 생성된 정보를 정리하는 중인 것 같았다.

잠시 뒤 빈센트가 눈을 떴다. 빈센트의 눈이 반짝반짝 빛
났다.

"혹시 지금 강화해도 되는 무기 있나요?"

빈센트의 말에 수리가 선뜻 자신의 검을 소환해서 주었다. 그동안 공격력이 약해 성준에게 도움이 되지 못한 것 때문에 아쉬움이 많았던 것이다.

성준은 빈센트가 하는 것을 지켜보았다. 여기서 어떻게 강화를 할 것인지 궁금했다.

그런데 빈센트는 성준에게 구슬을 하나 요청했다. 성준은 의아해하며 자신이 가지고 있던 진동 구슬을 빈센트에게 주었다.

빈센트는 영기회복석을 하나 먹고 양쪽 손에 능력을 활성화했다. 그리고 한쪽 손에 들고 있는 검에 진동 구슬을 박아 넣기 시작했다.

성준과 수리가 깜짝 놀라 막으려고 했지만, 어느새 검의 손잡이 쪽에 구슬이 떡하니 박혀 버렸다.

성준은 어이없어하며 검을 확인했다.


―수리 전용 장검.
―강화됨.
―소켓 생성: 진동 능력.
―검날에 영기를 생성. 진동을 부여하여 물체를 분쇄한다.

"진동 검이냐?"

성준의 황당해하는 모습을 보며 수리는 검을 돌려받았다. 검을 받고 눈을 감더니 무엇인가 느껴지는 모양이다. 수리는 잠시 검의 능력을 활성화했다. 수리의 검날에 얇은 막이 생기더니 막 자체가 진동하기 시작했다. 금세 진동 자체가 눈에 보이지 않고 웅 하는 소리만 방 안에 울렸다.

수리는 검을 들어 책상에 올려놓았다. 검은 책상을 쑥 뚫고 들어갔다. 그리고 바로 영기가 부족해서 역소환되었다.

"정말 좋아요! 이 정도면 주인님 검에 조금은 따라갈 수 있을 것 같아요!"

수리는 환한 얼굴로 잘려 나간 책상을 이리저리 살펴보았다.

"이번에 강화된 능력은 무기에 구슬을 박아 넣어 무기가 그 구슬의 능력을 사용할 수 있게 하는 겁니까?"

"네, 단지 능력만 쓸 수 있게 되고 무기당 하나밖에는 안 되는 것 같습니다만… 그래도 어쨌든 도움이 될 것 같습니다."

빈센트는 수리의 검을 강화하고 뿌듯해했다.

"하지만 새로운 무기 하나에 30억입니다."

성준의 말에 빈센트는 식은땀을 흘렸다.

성준은 빈센트의 능력에 대해 이리저리 생각하다가 물었다.

"그럼 전기 구슬을 박아 넣으면 무기에서 전기가 나가겠네요?"

"아마 그럴 겁니다. 그런데 왜요?"

빈센트는 성준의 말에 의문을 느꼈다.

"혹시 전기 발전도 가능하지 않을까요?"

빈센트는 성준의 말에 눈을 크게 떴다가 고개를 흔들었다.

"영기회복석이 엄청나게 필요할 겁니다. 수지 타산이 안 맞아요."

성준은 빈센트의 말에 대답했다.

"영기회복석이 필요 없는 지역이 있습니다."

성준의 머릿속에 계속해서 영기가 뿜어져 나오는 문양이 떠올랐다. 뉴욕 몬스터홀이 머리에 스쳤다.


백악관에서는 한창 회의 중이었다.

"이제 거의 한계에 가까워졌습니다. 아프리카 쪽은 무정부 상태가 된 국가가 엄청나게 늘어났습니다. 개발도상국들은 이미 자력으로 버틸 수 있는 나라가 없습니다. 전 세계적으로 몬스터홀에 대한 피로감이 이제 한계에 달했습니다."

국무부 장관의 말은 집무실을 더욱 냉각시켰다.

"뭔가 전환이 필요합니다. 지금의 근본적인 문제는 몬스터홀로 인한 이익이 전혀 안 나온다는 점입니다. 전쟁마저 기간만 짧다면 과잉 생산물을 소모해 경제를 돌게 할 수 있는데 몬스터홀은 그런 일마저 못합니다."

상무부 장관은 문제의 핵심을 지적했다.

하지만 대안이 없는 회의는 쳇바퀴 돌 듯 무의미할 뿐이었다. 회의에 참석한 사람들의 얼굴에 피로감이 쌓여갈 때 비서실장이 밖에서 걸려온 전화를 받았다.

비서실장은 전화의 내용을 대통령에게 이야기했다.

"한국 귀환자 조합장의 연락입니다."

대통령은 잠시 회의를 중단시켰다. 대통령은 뉴욕에서 한국 귀환자 조합장에게 백악관 직통 전화번호를 알려주었다.

조금이나마 친밀도를 올리기 위해서 한 조치였는데 벌써 연락이 오니 무슨 일이 일어난 것이 아닌지 조금 걱정이 되었다.

'더 이상 나쁜 소식이 아니기를.'

대통령은 자신의 자리로 돌아가 수화기를 들었다.

"안녕하십니까?"

―네, 반갑습니다. 최성준입니다.

전화로 들려오는 성준의 영어 실력이 전보다 상당히 좋아졌다.

하은에게 받은 정보 교환으로 영어 지식과 불어 지식을 받으며 회화가 상당히 늘어난 것이다.

"저번보다 영어가 유창하시군요. 대단합니다."

성준의 상황을 알지 못하는 대통령은 그가 천재가 아닐까 생각했다.

―감사합니다. 다른 것이 아니라 관심이 있을 만하신 소식이 있어서 연락을 드렸습니다.

대통령은 헛웃음을 웃었다. 미스터 최는 간간이 떠돌이 장사꾼 같은 말투로 말해서 사람을 어이없게 했다.

"네, 말씀하시지요."

―혹시 각료분들이 있으면 같이 이야기해 보았으면 합니다. 경제와 에너지 문제라 전문가들과 같이 이야기하는 편이 좋을 것 같습니다.

대통령은 전화를 스피커폰으로 전환했다.

"네, 이 자리가 마침 회의 중이었습니다. 말씀하시면 됩니다."

성준은 이야기를 시작했다.

―간단하게 말하자면 저의 조합 소속 귀환자 한 명이 전기 구슬을 사용해서 영기를 전기로 바꾸는 물건을 제작할 수 있게 되었습니다. 그 물건은 귀환자나 넘버피플이 사용 가능합니다.

이야기를 듣던 대통령의 머리에 전구가 번쩍 들어왔다.

"그 이야기는?"

―뉴욕 몬스터홀에서 나오는 영기를 활용할 수 있을 것으로 생각됩니다. 효율은 잘 모르겠지만 어차피 낭비돼서 무슨 일을 벌일지 모르는 영기라면, 차라리 그것을 사용해서 전기를 만들면 서로에게 유익할 것 같습니다.

앉아서 이야기를 듣던 상무부 장관이 소리쳤다.

"효율은 상관없습니다! 어차피 이벤트가 필요했습니다! 그동안 자원의 소모처로만 인식되던 몬스터홀에 활용도가 생기면 이미지의 반전이 가능합니다! 현재 무너져 가는 경제 시스템의 전환도 가능합니다!"

상무부 장관의 외침에 비서실장이 손으로 이마를 잡았다. 장관이 사고를 쳤다.

―그렇군요. 제 예상보다 훨씬 중요한 문제 같군요. 너무 급하게 연락을 드린 것 같습니다. 저희 쪽도 정리해서 다시 연락드리겠습니다.

딸각 소리와 함께 전화가 끊겼다. 대통령이 장관을 노려보았다.

경제학 박사 출신이라 정치 감각이 떨어져서 이런 일이 생긴 것이다. 앞으로 이번 일과 관련해서 조합에 손해를 보게 생긴 것이다.

대통령은 고개를 돌려 에너지부 장관의 조언을 구했다. 장관은 몇 개의 서류를 둘러보더니 고개를 끄덕였다.

"가능성은 충분합니다. 뉴욕 몬스터홀에서 생성된 영기는 뉴욕 시에 발생한 모든 넘버피플의 영기를 채워주고도 양이 별로 안 줄어들고 있다고 합니다. 실험을 해봐야 하겠지만 상당히 긍정적으로 보입니다."

대통령은 그의 말에 고민에 잠겼다.

"그럼 특사를 파견해야 하나? 아무나 보내면 결례가 될 텐데."

비서실장이 고민하는 대통령에게 의견을 제시했다.

"차라리 한국 정부 방문 건으로 움직이면 어떨까요? 어차피 몬스터홀 관련 협의 건으로 국무부 장관이 방문해야 할 필요가 있었습니다. 그 일정 안에 귀환자 조합 방문을 넣으면 될 것 같습니다."

대통령은 비서실장의 말에 고개를 끄덕였다.

"우선 한국 정부와 귀환자 조합에 연락을 넣어주세요."

대통령은 국무부 장관을 바라보며 말했다.

"국무부 장관이 에너지부 장관과 한국에 다녀오시기 바랍니다. 어느 정도의 양보는 상관없습니다. 우리는 더 큰 그림을 그려야 합니다."

국무부 장관은 대통령의 말에 고개를 끄덕였다.


성준은 전화를 끊고 잘되었다는 표시로 조 실장에게 고개를 끄덕였다.

"예상보다 더 호응이 좋은 것 같아요. 그쪽에서 누군가 올 것 같습니다."

"알겠습니다. 준비하겠습니다."

성준의 말에 조 실장은 일정을 점검해 보았다.

하지만 아직 두 사람은 이 일이 얼마나 커질지 예상하지 못했다.

\*　　　\*　　　\*

은성의 회장은 성준의 생각대로 움직였다. 한국에서 2레벨 몬스터홀이 사라지면 더는 한국 안에서는 몬스터홀 제거팀을 유지할 수 없을 것이 분명했다.

수많은 노력으로 3레벨 귀환자를 만들어도 이미 성준과 그의 조합에 의해 다 제거되어 버릴지도 몰랐다.

결국 회장은 귀환자 팀에게 2레벨 몬스터홀의 제거를 요청했고, 귀환자 팀은 회장의 요청을 받아들였다.

은성의 귀환자 팀은 사기가 최고조에 달해 있었다. 자신들의 힘으로 2레벨 엘리트 몬스터를 잡는 데 성공했기 때문이다. 물론 같이 들어간 1레벨 귀환자들의 태반이 사망했지만 어쨌든 자신들 중에서는 고작 열 명 중 한 명꼴로 사망하고 2레벨 엘리트 몬스터를 잡았다.

은성의 2레벨 귀환자들은 두 명의 방패 능력자와 6명의 폭발 화살 능력자, 그리고 두 명의 관통 화살 능력자였다. 그들은 함정을 만들고 1레벨 귀환자들을 이용하여 엘리트 몬스터를 유인했다.

그리고 자신들의 능력을 총동원해 함정에 빠진 엘리트 몬스터를 때려잡은 것이다.

그 와중에 1레벨 귀환자 다수, 그리고 방패 능력자가 미처 방어하지 못한 한 명의 2레벨 귀환자가 사망했지만 그래도 2레벨 엘리트 몬스터를 죽인 것이다.

아직 성장치가 2레벨 100이 된 사람이 없어 3레벨이 된 사람은 없었지만, 이들은 보스 몬스터도 충분히 잡을 수 있다는 자신감에 차 있었다.

은성의 귀환자 팀은 2레벨 귀환자들과 남은 은성의 1레벨 귀환자들로 구성되어 성준이 예고한 날보다 이틀 먼저 목포 몬스터홀에 진입했다.

그리고 그들은 성준이 진입하기로 한 날까지 모든 소식이 끊어졌다.


회의실에서 성준과 조 실장은 심각한 표정으로 이야기를 나누고 있었다.

"은성이 좀 더 기다려 달라고 몬스터홀을 관리하는 정부 부처에 이야기한 모양입니다. 아직 기대를 버리지 못한 것 같습니다."

"이제 3일째예요. 어느 정도는 더 걸릴 수도 있을 거예요. 며칠 더 걸려 나온 사람도 있으니까요."

성준은 긍정적으로 생각하기로 했다. 성준은 조 실장에게 다른 부분을 물어보았다.

"2레벨 몬스터홀 중 은성과 저쪽 사람들의 지분이 가장 많이 묶여 있는 곳이 목포가 맞나요?"

"네. 하지만 목포와 청주가 그리 큰 차이가 없습니다. 그래서 저번에 인천을 추천해 드린 것입니다. 그래서 이번에 은성 귀환자 팀이 목포 몬스터홀로 들어간 것 같습니다."

조 실장의 대답에 성준은 결정을 내렸다.

"그럼 2레벨 몬스터홀은 우리나라에서 청주 몬스터홀 하나만 남기도록 하죠. 혹시나 구원 요청이 오거나 하면 목포 몬스터홀에 들어가 봐야 하니 청주 쪽이 좋겠습니다. 어차피 일반인에게는 몬스터홀 최고 레벨을 공개할 생각이 없으니 괜찮을 겁니다."

성준은 계속 이야기했다.

"목포 몬스터홀은 은성이 포기하면 그 뒤에 처리하고 우선 해외 2레벨 몬스터홀을 정리하겠습니다. 그 뒤에 우리 팀원들의 실력이 높아지면 우리나라의 3레벨 몬스터홀을 정리하도록 하겠습니다."

조 실장은 남은 한 개의 2레벨 몬스터홀에 관해서 물었다.

"그럼 청주 몬스터홀은 어떻게 하실 생각입니까?"

"이번에 뽑은 1레벨 귀환자들을 구슬을 이용해서 2레벨로 만들고 청주 몬스터홀에서 3레벨 귀환자들과 함께 훈련할 생각이에요."

"저레벨 훈련장이군요."

"이건 비밀이에요. 그 지역 사람들이 알면 몰매 맞을 거예요."

조 실장도 성준의 말에 고개를 끄덕였다.


그리고 다음 날 미국에서 국무부 장관과 에너지부 장관이 한국을 방문했다.

예정보다 훨씬 빠른 방문이어서 한국 정부는 준비하느라 호들갑을 떨었는데 예상외로 알맹이가 없는 방문이라는 것이 주요 신문들의 사설 내용이었다.

방문 이틀째에 이루어진 그들의 귀환자 조합 방문은 세계에서 제일 잘나가는 귀환자 조합의 방문이라는 점에서 별다른 의심을 받지 않았는데, 덕분에 미국 정부와 한국 귀환자 조합은 편한 환경에서 양해각서 'MOU'를 체결할 수 있었다.

그들은 우선 테스트용으로 1기의 전기 소켓 구리 검을 미국으로 가져가서 뉴욕 몬스터홀에서 확인할 예정이다.

테스트용으로 만든 무기는 조 실장이 급하게 만들어 오고, 성준이 청주 2레벨 몬스터홀에서 쇠뇌를 대신해서 그 무기를 들고 통과하며 가져 나온 영기화된 구리 검이었다.

그 검에 빈센트가 전기 구슬을 합성해서 테스트용으로 준비했다.

미국에서는 물건을 만든 제작자도 같이 가서 실험하기를 원했지만, 성준은 화상 회의까지만 허락했다.

만일 뉴욕 몬스터홀의 테스트에서 충분한 성능이 나오면 한국 귀환자 조합은 전력을 다해 전기 구슬을 구해야 할 판이었다.


성준은 우선 합격한 1레벨 귀환자들을 가지고 있는 구슬을 이용해 모두 2레벨로 만들었다. 그리고 그들을 정 교관과 호영, 미영과 함께 청주 몬스터홀로 보냈다. 정 교관 편에 훈련을 시킬 생각이다.

성준은 정 교관에게 절대 안전을 부탁했다. 2레벨 엘리트 몬스터와의 조우도 최대한 피하고 보스 존에 들어가는 것은 당연히 불가였다.

청주 몬스터홀로 간 귀환자들을 제외한 귀환자 조합 인원이 해외에서 첫 번째로 제거하기로 한 2레벨 몬스터홀은 일본 도쿄에서 발생한 것이다.

외부 던전이 발생했을 때 성준과 일행이 가봤던 곳으로 일본 정부의 계속된 요청과 김 회장의 요청이 같이 맞물려서 처음 정리하는 곳으로 정하게 되었다.

물론 한국에서 가까워서 성준이 전용기를 타고 바로 확인할 수 있었고, 최고 레벨이 2레벨인 것까지 확인했다는 점을 무시할 수는 없었다.

일행이 일본에 도착하자 일본에서는 그들을 극진히 맞이했다. 이미 일본은 2레벨 귀환자들이 거의 전멸한 상황이었다.

사람들을 모아 팀을 만들어야 하는데 예전에 도쿄 몬스터홀에 2레벨 귀환자를 밀어 넣어 죽게 해 아직까지 남아 있는 귀환자들이 없었다.

성준과 일행은 도쿄 공항에서 나와 바로 헬기를 타고 몬스터홀로 이동했다. 그렇게 그들은 몬스터홀에 진입했다.

그런데 이상하게도 일행의 짐이 거의 보이지 않았는데, 일행 가운데 조금 어두워 보이는 여성이 보였다. 성준이 면접에서 확인했던 영기 공간 고유 능력자였다.

*　　*　　*

성준과 일행이 일본의 도쿄 몬스터홀로 진입한 그날, 한창 내전으로 정신없는 아프리카의 한 나라에 몬스터홀이 열렸다.

그 몬스터홀은 주변 일대의 사람을 빨아들이고 조용히 대기했다.

다른 몬스터홀과 다르지 않은 모습에 그 나라 사람들은 그냥 또 하나의 재앙이 등장했다고 생각했다. 어차피 내전이라는 재앙 때문에 그들에게 있어 몬스터홀의 등장은 별로 중요한 일이 아니었다.

하지만 유엔감시단으로 파견된 한 민간인이 그 몬스터홀의 문양을 찍어 홈페이지에 올렸고, 그 문양은 러시아에 의해 3레벨 몬스터홀로 확인되었다.

그러자 사람들은 모두 성준과 한국 귀환자 조합을 찾았다.

*　　*　　*

빛이 사라지자 성준은 주위를 둘러보았다. 기존 귀환자 열명과 새로운 2레벨 귀환자 스무 명, 그리고 성준이 임의로 참여시킨 고유 능력자 여성 한 명, 이렇게 서른한 명이 일본 몬스터홀에 들어왔다.

일행 중에 정 교관이 없어 성준은 수리에게 일행의 지휘를 맡겼다. 잘할 것 같긴 했지만 계속해서 정 교관에게 양보만 하던 수리의 지휘 실력을 알 수 있는 기회였다.

던전에 도착한 사람들은 등에 아무것도 짊어지지 않고 들어오자 허전한 모양이었다. 성준은 영기 공간이라는 고유 능력을 가진 여성 귀환자를 불렀다.

"주희 씨, 여기에 물건을 내려놓아 주세요."

성준의 말에 한쪽에 떨어져서 눈치를 살피던 여성 귀환자는 깜짝 놀랐다.

잠시 얼어붙어 있던 그녀는 조심스럽게 양손을 내밀었다. 그러자 그녀의 앞에 1m 정도 되는 검은색 원이 수평으로 나타났다.

그녀가 앞으로 내민 양손을 뒤집자 검은색 원에서 물건들이 쏟아져 나오기 시작했다.

성준은 능력을 사용하고 있는 주희의 정보를 확인했다.

―검투사 정보.
―영기 레벨 2.
―영기 성장치 0.

―영기 67.

―영기 공간 레벨 1, 육체 강화 레벨 1.

―영기 능력치 130.


그녀는 자신의 능력을 성준에게 듣고 육체 강화가 담긴 구슬을 골랐다. 성준이 이유를 물어보았더니 영기 공간에 물건을 넣기 편하게 하기 위해서라고 한다. 무척이나 단순한 이유라서 성준은 물어봐 놓고도 뻘쭘해했다.

영기 공간은 예상대로 상당히 편리한 능력이었다. 제대로 활용하면 여러 가지 아이디어가 나올 것 같았다.

단지 문제는 공간을 여닫을 때마다 영기 소모량이 너무나 많았다.

이 안에서는 큰 문제가 없었지만, 밖에서 사용하기에는 소모량이 많다는 것이 결코 쉽지 않은 문제였다. 이번에도 영기 회복석을 사용해서 겨우 열었던 것이다.

일행은 이미 한 번 호흡을 맞추어보았기 때문에 빠른 속도로 베이스캠프를 만들었다.

수리는 이동 속도 증가 능력이 있는 2레벨 귀환자에게 정찰을 시켰다.

성준은 이번에는 최대한 조언을 하지 않을 생각이다. 저번 몬스터홀에서 자신의 조언으로 무난하게 2레벨 몬스터홀을 제거했기 때문에 조금 난이도를 올려볼 생각인 것이다.

통로를 빠져나갔다가 조금 후 돌아온 귀환자는 주변의 상황을 이야기했다. 그의 보고에 따르면 밖은 온통 나무와 덩굴로 뒤덮인 밀림 지역이었다.

성준은 그 이야기에 고개를 끄덕였다.

도쿄에서 발생한 외부 던전의 몬스터들은 모두 밀림 지역의 몬스터였다. 당연히 던전 내부가 밀림 지역일 확률이 높았다.

베이스캠프를 만든 일행은 다시 주희의 능력으로 만든 원에 물건을 집어넣었다. 물건을 꺼낼 때와 비슷하게 평면으로 만든 검은 원의 위쪽으로 배낭 등의 물건을 떨어뜨리면 물건이 원 안으로 사라졌다.

그녀의 앞에 떠 있는 검은 원은 한 번에 넣을 수 있는 물건의 크기의 한계가 일행의 배낭 정도였다. 원보다 큰 물건은 들어가지 않았다. 안쪽의 공간도 일행 전체의 배낭을 집어넣으면 거의 가득 찬다고 이야기했다.

그녀의 능력은 아직 여러 가지 제약이 많지만 레벨 업을 할수록 그 제약은 사라질 것이 분명했다.

밖으로 나선 일행은 먼저 정찰을 했던 귀환자의 말대로 밀림과 만나게 되었다. 일행은 마음을 굳게 먹고 앞으로 전진하기 시작했다.

일행은 처음부터 낭패를 보았다. 성준의 조언이 없어지니 몬스터의 갑작스러운 기습에 상당히 취약해졌다. 일행을 처음 덮친 것은 털이 없는 2m 정도의 긴팔원숭이 몬스터였다.

몬스터는 긴 꼬리로 나무 위에 매달려 있다가 일행을 덮쳤다.

외부 던전의 노출되었던 상황과는 다르게 밀림 안에서는 몬스터를 식별하기가 무척 어려웠다.

다행히 재식이 방패 능력을 때맞춰 펼쳤기에 큰 피해는 보지 않았다. 그리고 몬스터들은 곧바로 일행의 화살 공격에 죽임을 당했다.

수리는 일행에게 다시 한 번 경계를 강화할 것을 주문했다. 그동안 성준의 감각으로 주변을 정찰해 왔기에 일행의 경계 능력은 상당히 안 좋은 편에 속했다. 이 기회에 주위를 더 살피게 하는 편이 좋았다.

그 뒤로 일행은 큰 문제없이 던전을 돌파하기 시작했다. 일행의 경계에 걸린 몬스터들의 공격은 의미 없이 끝나고 말았다.

중간에 2레벨 원숭이 몬스터들의 집단 공격을 받기도 했지만 모두 물리칠 수 있었다. 다행히 빈센트의 강화가 걸린 활은 상당한 공격력을 발휘해 2레벨 몬스터들의 피부에 화살을 박아 넣을 수 있었다.

그런 일반 화살의 공격과 더불어 관통과 폭발 능력이 담긴 화살들이 몬스터들을 날려 버렸다.

특히 그동안 지켜만 보던 보람이 두 손을 들어 올려 수십 개의 얼음 창을 만들어 몬스터에게 날리는 모습은 장관이었다.

일행은 다시 정신을 차리고 밀림을 돌파했다. 처음엔 성준의 조언이 없자 잠시 흔들렸지만 기본적으로 레벨이 높고 경험이 많아서 바로 제자리를 찾아갔다.

그런 그들 앞에 2레벨 엘리트 몬스터가 등장했다.

나무들을 넘어뜨리면서 일행 앞에 등장한 몬스터는 거대한 고릴라처럼 보이는 몬스터였다. 마치 영화에 등장하는 킹콩 같았다.

―밀림 유인원 실험체 각성 버전.

―2등급.

―밀림 지형 테스트를 위해 제조.

―특이 능력 각성: 원거리 포격, 고공 점프.

―강점: 강력한 점프를 할 수 있다.

―단점: 감정의 기복이 심하다.

―낯설음.

성준은 몬스터의 정보를 알려주지 않고 좀 더 기다려 보기로 했다. 특히 저번에 일본 외부 던전을 갔던 귀환자들은 이 몬스터를 알고 있을지도 몰랐다.

일행은 몬스터가 나타나자 바로 화살을 날렸다. 일반 화살은 몬스터의 몸에 살짝 박혔지만 다른 화살들이 몬스터의 몸에 부딪치자 바로 터져 나가 몬스터가 깜짝 놀랐다.

특히 자신의 앞으로 날아온 수리의 공격에 가슴을 크게 베인 몬스터는 달아날 생각부터 했다.

몬스터는 온몸에서 피를 흘리면서 뒤쪽으로 점프했다. 그 거대한 덩치가 나무를 뚫고 대각선 방향으로 날아갔다. 그리고 몬스터는 아래쪽의 일행을 향해 손을 가리켰다.

성준은 일행을 공격하려고 하는 몬스터의 모습에 잠시 움찔거렸지만, 보람과 재식의 모습을 보고 참아내는 데 성공했다.

보람은 이미 두 개의 물 방패를 만들고 있었고, 그 안쪽으로 재식도 방패 능력을 발휘하는 것이 보였다.

엘리트 몬스터의 손에서 검은 영기가 뭉치더니 일행을 향해 날아갔다. 하지만 검은 영기는 일행의 앞에 펼쳐진 물 방패를 다 터뜨렸지만 결국 재식의 방패 능력에 막혀 버렸다.

일행이 몬스터의 공격을 방어하고 앞을 내다보자 몬스터

는 그대로 도망치고 있었다. 일행은 어이가 없어 고개를 흔들었다.

허탈해진 수리는 잠시 그 자리에 일행을 멈추게 하고 점심을 먹게 했다.

성준은 식사를 준비하는 일행을 보고 수리에게 잠시 다녀오겠다고 이야기한 후 몸을 날렸다.

성준은 나무 위로 몸을 솟구쳐 조금 전 몬스터가 도망간 방향으로 몸을 날렸다. 성준은 허공을 걷어차 속도를 더욱 증가시켰다.

몬스터는 달아나면서 가끔 뒤를 돌아보았다. 다행히 자신을 쫓아오지는 않는 것 같았다. 몸에 꽂힌 화살이 계속 신경을 자극한다.

더군다나 어떤 화살은 몸에 부딪치자 터져서 큰 피해를 주기도 했다. 하지만 지금 제일 아픈 부분은 가슴이었다.

급하게 피하면서 자신의 능력을 공격한 자들에게 쏘아 보냈지만 바로 그들의 방어에 막혔고, 그 모습을 보자마자 이렇게 도망치고 있는 것이다.

달아나는 몬스터의 눈에 멀리서 자신을 향해 날아오듯이 나무들 사이를 뛰어오는 성준이 보였다.

몬스터는 바로 뒤쪽을 향해 원거리 포격을 쏘아 보냈다. 쫓아오는 인간이 막거나 피하면 충분히 거리를 벌릴 수 있을 것 같았다.

하지만 상황은 몬스터의 예상과 다르게 진행되었다. 엘리트 몬스터가 날린 영기 포격은 성준의 검에 베여 버렸고, 성준은 그대로 검에 의해 잘린 포격 사이를 뚫고 지나가서 엘리트 몬스터의 몸에 검을 박아버렸다. 그리고 독 능력으로 엘리트 몬스터를 순식간에 쓰러뜨렸다.

일행이 식사를 마칠 때쯤 성준은 돌아왔다. 돌아온 성준의 손에는 원거리 포격 구슬이 들려 있었다.


식사 후 다시 움직이기 시작한 일행은 다음 날 점심때쯤, 단 한 명의 낙오자도 없이 귀환 지역에 도착할 수 있었다.

그동안 일행은 성준의 조언 없이 몬스터들을 상대해 모두 제거했다. 특히 아침에는 다른 2레벨 엘리트 몬스터를 만나긴 전투 끝에 사상자 없이 승리할 수 있었다.

성준은 일행의 모습에 고개를 끄덕였다. 이제 귀환자 조합은 자신이 없어도 2레벨 던전 정도는 무사히 다닐 수 있었다. 한국에 있는 정 교관도 충분히 잘해 나갈 수 있을 것 같았다.

일행은 가볍게 귀환 지역에 소환된 몬스터들을 제거하고 보스 존으로 이동했다.

보스 몬스터는 특이하게도 거대한 봉을 든 원숭이 형태의 몬스터였는데 일행에게는 상당히 난적이었다.

  ─데카라비아의 아바타.
  ─3등급.
  ─데카라비아의 던전 관리용 아바타 A형.
  ─영기 봉술 2, 영기 분신 2.
  ─약점: 일정 수 이상의 분신이 되면 공격이 단조로워짐.
  ─본체: 데카라비아 5등급.
  ─흥분.

몬스터는 영기로 이루어진 검은 봉을 들고 있었는데 그 봉은 마음대로 줄어들었다 늘어났다 했다. 거기다가 전투 중에 여러 개의 몬스터로 분리하는데 어떤 몬스터가 진짜 몬스터인지 구별을 할 수가 없었다.

어쩔 수 없이 재식과 보람이 일행 전체를 감싸는 방패를 만들어 일행을 보호하고 분리된 모든 몬스터를 향해 화살을 쏘아 보냈다.

하지만 엘리트 몬스터의 수는 계속 늘어나 스무 마리 이상이 되었고, 일반 몬스터까지 섞여 있어 찾을 방법이 막막했다.

계속되는 몬스터의 공격으로 결국 재식의 방패 일부가 뚫리고 일행 중 한 명이 봉에 맞아 크게 다치게 되었다. 하은의 치료에 다시 멀쩡해졌지만 계속 이런 식이면 문제가 생길 여지가 충분했다.

한참을 보고 있던 성준은 결국 한숨을 내쉬며 앞으로 나섰다. 역시 보스 몬스터의 공략은 보스의 약점을 아는 것과 모르는 것의 차이가 극단적으로 나타났다.

성준은 수많은 몬스터와 수십 마리의 보스 몬스터 중 한 마리에게 달려갔다.

그 몬스터는 일반 몬스터들 가운데 조용히 서서 다른 일반 몬스터들과 비슷하게 움직여 구별하기가 힘든 몬스터였다.

하지만 영기가 눈에 보이고 영기분석으로 확인할 수 있는 성준에게는 의미가 없는 일이었다.

성준은 몬스터에게 다가가 자신을 향해 내려치는 봉을 검으로 베어버리고 몬스터의 머리를 주먹으로 후려쳤다. 그리고 인사불성이 된 몬스터를 검으로 갈라 버렸다.

성준은 눈앞에 떨어진 구슬을 집어 들었다.

이 구슬은 분신 구슬이었다. 상당히 재미있는 능력인 것 같았다.

보스 몬스터를 처리하자 빛이 뿜어졌고, 성준은 일행과 함께 던전에서 빠져나왔다.

그렇게 던전은 초기화되었고, 도쿄 몬스터홀은 제거되었다.

*　　　*　　　*

악마 부네는 보스 존의 옥좌에서 이를 갈고 있었다. 부네의 모습은 도마뱀 인간, 혹은 공룡 인간처럼 보였다. 그는 자신의 처지에 대해 좌절을 느끼고 있었다.

자신과 몇 명은 동족 영기 강탈이라는 희대의 능력을 얻은 악마 가미긴에게 목숨을 구걸해 다른 악마들이 악마 가미긴에게 먹힐 때 겨우 살아남았다.

하지만 살아남았다는 안도감도 잠시뿐, 결국 악마 가미긴에게 종속 계약을 맺게 되어 이 별에 먼저 도망간 악마 보타스를 찾으러 내려오게 된 것이다.

그는 악마 보타스가 꼭꼭 숨을까 봐 두려워 차마 던전 밖으로 나서지 못하고 이곳에서 인간을 유인해 정보를 얻기로 했다.

3레벨 던전을 새로 출현시켰으니 제법 강한 인간이 들어올 것이다.

고유 능력자가 들어오면 좋고 아니더라도 자신의 능력이라면 보타스에 대한 정보를 얻을 수 있을 것이다.

5레벨에 올라 있는 악마, 부네는 자신의 아바타인 이곳의 보스 몬스터를 옆에 세우고 주변에 엘리트 몬스터들을 배치한 채로 의자에 앉아 이곳에 들어올 인간들을 기다리기 시작했다.

『몬스터홀』 7권에 계속…

미더라 장편 소설

FUSION FANTASTIC STORY

A Bittersweet Life

삶의 의욕을 모두 잃은 주혁.
어느 날 녹이 슨 금속 상자를 얻는데……

"분명 어제도 3월 6일이었는데?"

동전을 넣고 당기면 나온 숫자만큼 하루가 반복된다!

포기했던 배우의 꿈을 향해 다시금 시작된 발돋움.
눈앞에 펼쳐진 새로운 미래.

과연 그는 목표를 이루고
인생을 바꿀 수 있을 것인가!

Book Publishing CHUNGEORAM

유행이 아닌 자유추구—
WWW.chungeoram.com

네르가시아 장편 소설
FUSION FANTASTIC STORY

THE MODERN
MAGICAL
SCHOLAR

# 현대 마도학자

나르서스 제국의 전쟁영웅이자
마나코어를 개발한 천재 마도학자 카미엘!

그러나 제국의 부흥을 위한 재물이 되어
숙청당하는데……

『현대 마도학자』

죽음 끝에 주어진 또 다른 삶.
그러나 그에게 남겨진 것은 작은 고물상이 전부였다.

더 이상의 밑은 없다!
마도학자의 현대 성공기가 시작된다!

# 내일을 향해 쏴라

김형석 장편 소설

FUSION FANTASTIC STORY

1만 시간의 법칙!
'성공은 1만 시간의 노력이 만든다' 는 뜻이다.

그러나…
사회복지학과 복학생 수.
전공 실습으로 나간 호스피스 병동에서
미지와 조우하다.

1만 시간의 법칙?
아니, 1분의 법칙!

**전무후무한 능력이 수에게 강림하다!**
**맨주먹 하나로 시작한 수의**
**인생역전이 시작된다!**

Book Publishing CHUNGEORAM

유행이 아닌 자유추구 -
WWW.chungeoram.com

강준현 장편 소설

FUSION FANTASTIC STORY

# 개척자

*Pioneer*

『복수의 길』의 강준현 작가가 선보이는
2015년 특급 신작!

글로벌 기업의 총수, 준영.
갑자기 찾아온 몽유병과 알 수 없는 상황들.

"…누구냐, 넌?"
혼돈 속에서 순식간에 바뀐 그의 모든 일상.
조각 같던 몸도, 엄청난 돈도, 뛰어난 머리도 모두, 사라졌다!

스스로도 알 수 없는 낯선 대한민국의 밑바닥부터
다시 시작해야 하는 준영.

"젠장! 그래, 이렇게 산다!
대신 나중에 바꾸자고 하면 절대 안 바꿔!"

그는 과연 이 상황을 극복하고 자신의 운명을
새롭게 개척해 나갈 수 있을 것인가!

Book Publishing CHUNGEORAM

유행이 아닌 자유추구 -
**WWW.chungeoram.com**

글샴 장편 소설
FUSION FANTASTIC STORY

# [세상을 다 가져라]

**문피아 선호작 베스트 작품 전격 출간!**
**현대판타지, 그 상상력의 한계를 넘어서다!**

권고사직을 당한 지 2년째의 백수 권혁준.

우연히 타게 된 괴상한 발명품으로 인해
과거로 회귀한다!

그런데
과거로 온 혁준의 손에 들려 있는 것은 바로
최신형 스마트폰!

**"까짓 세상, 죄다 가져 버리겠다 이거야!"**

**백수였던 혁준의 짜릿한 인생 역전이 시작된다!**

Book Publishing CHUNGEORAM

유행이 아닌 자유추구-
WWW.chungeoram.com